日影丈

高詹燦 譯

內的
真相

內部の

目次

第二部　個人權利

推薦序

反映時代，同時超越時代——《內部的真相》

臥斧（臺灣推理小說家）

（本文因提及部分小說關鍵情節，請先閱畢小說再閱讀本文）

深夜的院子裡，兩名軍人，一人因頭部遭到撞擊而昏迷，另一人左胸中彈身亡。兩人身旁各有一把手槍，昏迷的是一等兵，身旁那把是沒有填彈的空槍，死亡的是士官，身旁那把則少了一發子彈，兩把槍上均無指紋。案發當時現場還有一名女子，但因故沒看到事件經過，案發之後，該名女子與返家的家人一同報案，軍方於是派員調查。

《內部的真相》，故事開始。

有人認為推理小說裡的罪案都差不多：竊盜、綁架，或者謀殺；也有人認為犯罪的動機只有幾種：利益（包括金錢與權力）、情感（包括愛戀與妒嫉），或者復仇。某方面說來，這些看法並沒有錯，但推理小說裡的罪案與動機，除了反映人性之外，也會反映時代——不同時代的國際局勢、政治狀況、社會樣態及科技發展，會讓各種利益結構與人際關係產生變化，犯罪的核心仍然相同，但犯罪的面貌則否。

《內部的真相》很能印證這點。

上述開場發生在一九四五年的臺灣，也就是臺灣日治時期的末段；兩名士兵是日本人，案發現場是臺灣人的住家院落，報案的女子就是那戶人家的女兒，而返家後協同報案的家人，則是該戶養女——故事裡推測她可能是所謂的「媳婦仔」，也就是「童養媳」。日治時期的日本人是統治階級，部分臺灣人早已改用日式姓名，但兩者地位畢竟不同，加上軍方與民間的差距，是故日、臺雙方成員有的關係友好，有的緊張；日本人群體內部也會有自己的衝突或矛盾，可能來自各自與臺灣人互動的情況，也可能來自彼此因為職務、或對制度看法不同而生的嫌隙。當時已是二次世界大戰的結束前夕，日方戰況吃緊，臺灣也因身為日本殖民地而遭受空襲，日軍對外必須面對戰事，對內則需協助調查臺灣民眾違反日方規定的行為（故事裡提及的是私售白米）……凡此種種，一方面在國籍、階級、身分及性別之間編織犯罪動機，另一方面也勾勒出日治末期臺灣的生活面貌。

閱讀《內部的真相》會獲得很多關於時代的樂趣，還有很多關於推理的樂趣。

從《內部的真相》開場案件初看是樁奇怪案件——嫌疑最大的一等兵供稱自己被士官強迫決鬥（空槍是士官交給他的），但尚未開始即遭人擊昏（一等兵那時還以為自己中彈了）；

是故，真正的槍擊發生在一等兵昏迷之後，開槍的士官反倒成了死者。不過，隨著情節開展，士官、一等兵、協助調查的軍官、報案的女兒與養女等等角色的複雜關係慢慢浮現，對案件經過的推論也就一再翻轉，嫌犯名單逐漸拉長；因時間差而生的誤判、利用火車交通製造的不在場證明等等推理小說讀者一眼就會認出來的詭計型式接連出場，再接連被推翻，以解謎過程為重要趣味來源的推理小說而言，《內部的真相》是相當扎實的作品。

況且，《內部的真相》是部半個多世紀前的作品。

《內部的真相》作者日影丈吉曾在法國留學，返國後從事教職，戰爭末期接受徵召，派駐臺灣直至終戰。因為嫻熟法文，日影丈吉將不少法文推理小說譯介到日本，包括喬治．西默農的作品及卡斯頓．勒胡的經典《黃色房間之謎》，戰後也大量創作。《內部的真相》是他一九五九年發表的作品，其中描述的許多臺灣風土民情，觀察入裡，應當來自他的第一手經驗；而推理部分也巧妙地展現了他對類型技法的深刻理解，不但結合了不同的詭計設定模式，也將情節與日治時期的臺灣社會緊密扣接，某些將臺灣特色（例如宮廟信仰）與案件推論的連結相當漂亮。從這些情節的設計，可以看出在六十幾年前，日影丈吉就已經很擅長利用一些看似無謂的細節，將推理的範圍一再擴延，在同一樁案件裡頭置入不同的推理模式；而故事結局的安排，同時展現了某種古典推理的態度、對角色人情的關照，從某個角度說來，甚至可以說那個結局對許多推理小說中的詭計做了省思。

是故，《內部的真相》是個令人驚喜的故事——它精巧地結合時代背景與推理模式，反映時代，同時超越時代。

推薦序

推理與殖民地臺灣的多重想像——日影丈吉《內部的真相》

陳國偉（國立中興大學臺灣文學與跨國文化研究所所長）

無論是作為推理文學作家、幻想文學作家，或是殖民地作家，日影丈吉都是系譜之外的異數，但也因此，他的跨類型與難以定位，也讓他的創作，成為昭和時代日本文學的藝術。

一直以來，日影丈吉被定位為具有濃厚幻想特色的推理小說家，所以總是與「怪奇偵探小說」、「幻想機器」緊密連結，更是《寶石》雜誌出道的作家中，唯一同時受到推理小說與幻想小說讀者歡迎的作家。也因為他在太平洋戰爭爆發後被徵召入伍，擁有派駐到臺灣直到戰爭結束的特殊經歷，因此他留下了三部長篇以及十八篇短篇以臺灣為題材的作品（其中一部長篇《黃鸝樓》是未完的遺作），並且在他極富浪漫主義色彩的書寫風格下，臺灣被想像為一個既具有南國風情、充滿神秘魅力的異邦「外地」，但也是讓來自北國「內地」的日本人流連忘返、甚至獲得救贖可能的烏托邦。

這從日影丈吉的作品中，便可看到這種充滿異質性的臺灣意象展現。像是他在短篇〈東官雞〉（一九七九年）中，描寫臺灣南部的臺灣人小孩東官，因為父親沉迷於鬥雞，失蹤後竟變身成鬥雞希望協助父親賺錢。同樣發表於《幻影城》雜誌的短篇〈吸血鬼〉（一九七五年），更是異想天開地描述紅頭嶼（蘭嶼）有著吸血鬼的傳說，而且以熱帶女子之姿與日軍逃兵在海邊歡愛，但最終卻發現其真身極有可能是蝙蝠，充滿了異色感官的氣息。

然而仔細探究日影丈吉的推理作品，卻會發現他其實融合了日本戰後重要的幾種寫作路線。像是在一九五九年發表的長篇《內部的真相》中，兩位對決的日本軍人，在具有密室型態的家屋與庭院空間中，發生了不可思議的槍戰，其中一名曹長死亡，但一等兵嫌犯手中的槍卻沒有裝填子彈。因此在軍方的調查過程中，不僅動用了鑑識科學的專業單位，也進行了關係人的不在場證明確認，以及一一釐清是否具有犯罪動機，可說是融合了本格推理跟社會派關懷的成熟之作。不僅如此，由於涉及軍人死亡及犯案，因此如何依循軍隊的偵辦流程，便至關重要，因此雖然故事的主體是軍隊，但主要偵察者的行動與流程，都強烈地反應出當時駐臺日軍的組織運作與軍法體系，相當符合推理小說子類型「警察程序」（Police Procedurals）的敘事模式。若以日文原書名《内部の真実》為喻，可說是從推理小說與軍法調查的雙重角度，日影丈吉忠實地再現了日本皇軍在臺的「內部的真實」。

這樣的創作思考，其實與同時期崛起的松本清張，有著強烈的呼應。松本清張的小說因為具有高度的寫實精神，並著重於犯罪動機與社會脈絡之間的深層關係，以達到向社會甚至國家提出問題與進行批判的意義，而被譽為開創了「社會派」寫作路線。但其實在清張最初期的作品，像是一九五七年開始連載的《點與線》、《眼之壁》中，不僅建構出社會階層的寫實視野，但同時也有著本格推理中著重的犯罪手法與詭計。像是《點與線》中名留推理史的「空白的四分鐘」，不僅成為難以破解的謎團，而小說中鍥而不捨踏遍日本國境追尋真相的刑警，更透過自己的肉身，衝撞警察組織與制度程序的高牆，奠定日本推理小說中，「用腳辦案」的刑警美學。

然而松本清張社會寫實的獨到之處，不僅在於能關注到地方的風土氣息，更對於日本戰敗後的時代氛圍與社會集體精神狀態，有著深刻的歷史縱深觀察。而和清張同樣親身經歷戰爭末期的日影丈吉，也將他的體驗注入《內部的真相》的角色情緒與存在狀態，讓整部小說漫羨著戰敗的時代黃昏色澤，也透過軍人彼此眼中的暗影，成功地投射出集體性的頹圮與惶然之感。也因此，這些日本軍人對於臺灣民間信仰，雖有著殖民地刻板印象的神秘與想像，但卻也感到難以言喻的安定與療癒。在此同時，作為陰性化殖民地臺灣隱喻的女性角色，也給予軍人同樣的浮想聯翩與同質的撫慰力量，因此沉醉不已，最終反倒誘發了犯罪的動機與驅力。凡此種種，也可說是日影丈吉對於殖民地臺灣，所再現的另一重「內部的真實」想像。

無論是在推理小說敘事上，對於匪夷所思的謎團與不可能犯罪所展現的浪漫主義色彩，還是對殖民地臺灣所傳達出的南國風情浪漫異國想像。相較於其他日治時期的在臺或旅臺日人作家，日影丈吉透過對於駐臺軍隊內部關於犯罪事件與偵察的細緻刻畫，展現出獨樹一格的文學企圖與歷史視野；也為殖民地臺灣的書寫，展現出前所未見的多元面貌。而這正是日影丈吉應被重視的文學價值，也是《內部的真相》所蘊含的珍貴意義，值得我們深切地去領會。

第一部
玉蘭姊妹開庭

有義園事件紀錄

昭和二十年（一九四五年）三月・臺北

I — 調查報告書

死了一個人是多麻煩的事，這只有與死亡事務有直接關聯的人才會明白。

尤其是外地[1]部隊有士兵喪命，需要辦理的手續複雜得讓人不堪其擾。這裡不像平時的自然死亡，只要有死亡診斷書和埋葬許可證就能了事。部隊還得向軍團軍司令部和基地部隊總部報告[2]、通知死者家屬、向靖國神社申請登錄、與最近的神社交涉喪葬事宜、委託位於市中心的寺院收容遺骨等等。除此之外，還要決定部隊內保管遺骨的期限和場所、指派看屍衛兵和看守遺骨的哨兵等……為顧及陣亡者的尊嚴而要做的事多得數不清。這是總務負責人頭痛的來源。

更何況以苫曹長的情況來說，他並非一般戰死或病死，看來暫時會有許多繁雜的手續得辦理。一想到這點，我就感到厭煩極了。

很不巧，那天晚上部隊隊長剛好到軍司令部出差去了，這讓我更加為難。隊長的外出與苫曹長的死，讓我被迫擔任這個派遣小隊的負責人。說到其他長官，則只有軍醫了[3]。

當我一到苫曹長離奇死亡的現場查看，便馬上打電話聯絡理應人在臺北軍司令部的隊長，以及新竹市部隊總部。但撥往臺北的電話沒接通，我聯絡不上隊長本人。部隊總部則回覆：「現在是半夜，你靜候指令。」

對於屍體的處置方式，軍醫提出以下意見：「在副熱帶初夏時節，屍體腐爛速度快。就算放棄實地搜證，也應該馬上送去進行鑑識處理。」總部也對此表示同意。隔天一早，苫曹長的屍體便從桃園火車站被運走。因為要是以部隊貨車運送，車身震動劇烈，恐怕會造成屍體損傷。

此時為了提供資料給鑑識人員參考，我與軍醫討論後，整理出以下這份簡單的報告書，先交由屍體衛兵司令酒井伍長保管。

一九四四年五月十三日二十一點二十分，根據本島人[4]鐵工葦田清太郎次女恆子以及家人江瑤琴通報，前往他們位於新竹州桃園街長佳七番地住家，對陸軍曹長苫亮治喪命現場展開視察，現場狀況如下：

一、苫曹長屍體倒臥在客廳門口前，腳朝門口，俯臥在地。

二、抵達現場為二十一點三十分左右，當時認定已無急救必要。

1 外地指日本本土以外的地區。

2 軍團軍司令部，相當於殖民地臺灣的總司令部。日治時期臺灣各地分成多個基地部隊，本書的基地部隊總部指的是新竹基地。桃園則是派遣隊的駐守地。

3 本書的津路軍醫為少尉，位階等同於軍官，敘事者「我」為小高軍曹，軍階為士官。

4 本島人指臺灣人。

三、屍體左胸有彈痕，似乎是由手槍子彈造成。從衣服上的焦痕部位判斷，似乎是遭人近距離射擊。由於衣服無貫穿傷痕，推測子彈仍然留在體內。

四、距離上述屍體約兩公尺處，陸軍一等兵名倉銀藏頭朝門口，俯臥在地，頭部有撞擊傷勢，似乎是遭人重擊，失去意識。

五、兩人身旁各有一把手槍，判定皆為隊上所屬武器。

六、根據葦田恆子的證詞，兩人在同一天晚上二十一點整，同處於該住家客廳。苫曹長強迫名倉一等兵與他決鬥，將他帶到戶外。接著突然傳出槍響，她前往查看，發覺現場已是上述情況。

以下空白

第二天夜晚，派遣隊隊長曾根中尉便回到隊上。來自總部的大手上尉帶著助手勝永伍長抵達，則是第三天早上十一點多的事了。

我才剛從軍司令部轉調到新竹憲兵大隊，就被派到桃園，因此和隸屬於大隊總部的大手上尉幾乎沒見過面。這是第一次我和這位素來以鑑識科權威聞名的長官接觸。大手上尉雖然一臉嚴肅，但人品不錯，一點都不會讓人覺得嚴苛。

與大手上尉隨行的勝永伍長，和我幾乎也可說是第一次見面。根據伍長傳達的大隊命令，除了大手上尉和勝永伍長之外，還有一名隨後會趕來的信上等兵。上級派遣這三人針對本案展開特別調查。

這年冬天特別漫長，當時副熱帶真正的炎熱才剛回歸不久。派遣隊借用了桃園街一座小公園旁的公立學校紮營，那所學校略顯昏暗的磚造校舍正好適合用來避暑。

大手上尉端正地穿著開襟夏衣，深坐在隊長室冰涼的皮椅上，要我站在他面前，展開以下的詢問。

——根據你的報告，五月十三日晚上，那名本島姑娘來通知這起案件，是二一二〇[5]的事，沒錯吧？

——只要向同一時間站崗的人詢問，就可以證明。

——派遣隊的熄燈時間和總部一樣嗎？

——是的。是晚上九點。

——苫曹長和名倉一等兵在那個時刻還沒歸營，你不覺得可疑嗎？

5 晚上九點二十分。

——我那天晚上因為腹瀉，晚上七點左右向衛生兵拿藥，吞完藥後便就寢了。我以為他們兩人都已經回營。

——他們兩人都是出外洽公嗎？

——我不知道苫曹長外出。我和伙房班長一起睡在總務室，所以不知道苫曹長所在的士官室情況怎樣。我事後詢問得知，苫曹長在晚餐後武裝外出。

——他外出的目的是什麼，有沒有跟誰說？

——完全都沒有人聽說。

——兵營裡誰是最後見到苫曹長的人？

——是營門旁站哨所[6]的衛兵。睡在士官室隔壁房間的病患近松伍長，也知道苫曹長外出的事。但他們兩人都不知道他外出的原因。

——你對這件事的看法如何？

——這附近居民最近有人沒按照規定繳交軍用米，將米私自賣到其他地方。幾天前大隊下令展開緝查行動。我猜苫曹長可能是為了這件事出外打聽。

——那名倉呢？

——我之前發給名倉外出證。名倉是伙房輪值兵，常為了採買配菜請葦田家幫忙。那天晚上他也是去和他們討論。

我撒了謊。名倉其實也是擅自外出，但伙房班長筈見兵長拜託我這麼說，我也照他說的去做了。

在問答之際，軍醫津路少尉走進隊長室。小公園後方的民宅有人罹患阿米巴痢疾，他去進行衛生指導，看起來相當疲憊。

聽說津路軍醫在被徵召入伍前，過了將近十年與病魔纏鬥的生活，因此看起來身體很孱弱。今年冬天雨季很晚才結束，隊上陸續有人染病，大隊總部因而派他前來，但軍醫自己的健康狀況反而比較令人擔心。

軍醫確實是名親切的醫官，但他會當著病人的面，若無其事地說出令人失望的話。「我是個沒有熱帶病臨床經驗的內地醫生，就算硬把我拉來這裡，我也幫不上忙。我對最重要的瘧疾，根本一無所知。」

他會以極其虛弱無力、在病人眼中看來卻殘酷無比的表情，說出這番話。但我對這名

---

6 哨所是位於邊境、偏遠地區的軍事設施的關卡，主要用於防範敵軍與其他人員入侵，哨所內駐有衛兵或警衛。

軍醫卻有一股共鳴……。

津路少尉踩著長靴，以像是在地板拖行的特殊步伐走進隊長室後，好像才發現這名來自總部的長官。津路少尉停下腳步，立正敬禮。他那靜止不動的姿勢難看至極，大手上尉似乎忍不住露出苦笑。

「軍醫，名倉一等兵目前情況怎麼樣？」

「沒什麼大礙。他遭人以鈍器從背後猛力擊中頭部。撕裂傷不多，有內出血。顱骨沒事。是因為腦震盪而昏厥。」

「可以向他問話嗎？」

「應該沒問題。我替您帶路。」

醫務室在隊長室旁邊，房間角落的地板上鋪著稻草被，負責伙房的名倉一等兵就被安排躺在上面。名倉眼睛微睜，望著我們一行人走來。他那像柚子皮般粗糙的醜臉上，裹著厚厚一圈的雪白繃帶，繃帶在臉上縱橫交錯。名倉惴惴不安的視線在我們臉上游移，但還是很有精神地說出以下這番話。

……那天晚上，我去拜訪葦田小姐，她請我在客廳喝茶，這時苫曹長突然走進屋內。曹長一見到我，便說：「你來啦！」他一臉不悅。接著對恆子小姐說：「我來拿昨天忘記帶走的手槍。」恆子小姐到屋內去取，這時他又轉頭望向我，瞪著我說：「你這傢伙，我明明說過，不可以來這裡，你為什麼還來？」

我回答他：「我是為了伙房的事才來的。」曹長聽了漲紅了臉，咆哮道：「胡說！如果是為了伙房的事，答見來不就行了嗎。因為你在這裡很礙眼，我才叫你不准來。我的吩咐你不當一回事是吧！」苫曹長早在進門時就已經滿臉通紅了，他全身散發濃濃的紅麴酒氣味。

「我不懂曹長您說的不准來是什麼意思。而且這也不是部隊命令。」我確實也說得有點過火，但還是忍不住脫口而出。曹長聽了，向我吼道：「你這傢伙，不服從長官的命令是嗎？」他突然來回賞了我兩個耳光。這時從屋內走出來的恆子小姐，看到這場騷動嚇了一大跳，擋在我們兩人中間。

「曹長，我不喜歡你這樣！」恆子小姐的聲音顯得很激動。「出手打無法還手的人，是很卑鄙的行為。你快住手。別打了……。」

曹長猛然從恆子小姐手中搶走她從屋內拿來的皮槍套，一把將恆子小姐推開，然後以那個東西抵著我說道：「喂，臭小子，我們兩個來單挑，這你拿去！」

我一時搞不清楚狀況，愣在原地。接著曹長從皮槍套裡取出手槍，朝我拋過來，我不自主地伸手接下。

苫曹長自己也拔出掛在腋下的手槍，以可怕的表情笑著說：「這是決鬥！如果你有膽量，就跟我來。」我這才明白曹長想做什麼，嚇得臉色發白。

恆子小姐不斷喊著：「別這樣、別這樣」，極力想要阻止。但曹長毫不留情地推開她，一把抓住我的肩膀，將我拉出客廳外。恆子小姐全力朝我們跑來，曹長在她面前用力將那扇沉重的大門關上。

曹長關上門後，我呆立在突然一片漆黑的庭院中央，感覺自己失了魂，全身忍不住發抖。這時我的頭被一道強勁力量重擊，頓時眼冒金星、雙腿跪在地上，一個刺耳的聲響讓我耳朵麻痺。

「我中彈了！」我以為是曹長的槍射中我的頭部。我感到一陣冷意，失去意識……。

名倉是從運輸隊轉調來的中年輔助兵。他在出征前的職業是製作提袋的工匠，但他很會說話，很有東京人的樣子。大手上尉一臉佩服地聽完他的陳述，最後問了一個問題。

「你認為苫曹長真的打算和你決鬥嗎？」

「現在我知道他只是在嚇唬我。因為那時要是在葦田家庭院那麼昏暗的地方互相開槍，對曹長來說一樣會有危險。不過，我當時以為他要把我帶去某個不知名的地方，讓我命葬在黑暗中。」

隊長室裡已備好午餐，來自總部的搜查官於是中斷訊問，我也前往伙房用餐。名倉的同伴根本一等兵一邊替我盛飯，一邊像在提防其他打雜的本島人似的，悄聲說道：

「剛才我去探望名倉，他今天會嘗到這種苦頭，都是因為他太往自己臉上貼金，但他一直是當局者迷，真是個教人傷腦筋的傢伙。他把葦田小姐的博愛誤以為對他有意，而拚命展現男性魅力，自我陶醉，真是笑死人了。」根本一等兵尖聲笑起來。

根本和名倉年紀相近，是個童山濯濯、看起來很柔弱的士兵，和名倉一樣帶有市井小民的奸巧。他那雙在紅銅色外框眼鏡下的弱視眼睛眨了幾下。

「名倉是個狡猾的人，他說的話不能信。他是真的可能殺了苫曹長喔。」

我大吃一驚，凝視著根本一等兵。

「我是說真的。因為名倉很恨曹長。曹長看到名倉跟我像他一樣，備受葦田小姐禮遇。不，事實上，我們比曹長更受禮遇，曹長對此似乎很感冒。因此他嚴格下令，不准我和名倉去葦田家。從那之後，我就不再去葦田家了，但名倉卻忍受不了。因為葦田小姐那女人味十足的溫柔，是名倉唯一的慰藉。」

根本一等兵嘆了口氣。

「您也知道的，名倉已經好幾個月沒收到故鄉寄來的信了。名倉的妻子好像很水性楊花，讓他滿心妒火。於是葦田小姐的溫柔體恤直接滲進他骨子裡。名倉已深深對葦田小姐感到著迷。這樣的名倉卻撞見很要不得的一幕。那是大約一周前的事。」根本瞄了我一眼。

「當時名倉基於平時受到她關照的感謝之情，帶著上級發配的糕點，他和我一共兩人份，前去送給葦田小姐。結果名倉撞見苦曹長摟著百般不願的葦田小姐，強迫與她親嘴。名倉說，如果這是在我們日本，我早就把苦大卸八塊了。他說完還大哭起來……」

名倉講的話已經很不像士兵該有的樣子了，而眼前這個男人在背地裡說這段話，比名倉更不像樣。我耐著性子聽根本說，但最後再也按捺不住打斷了他的話。

「這些話，你可別跟我以外的人說喔。」我向根本訓誡。

午餐後，搜查官開始對凶器進行鑑識。我前往隊長室時，軍官們正抽著菸熱烈地討論。我從存放機密文件的金庫中取出物證手槍後，大手上尉喚我道：

「小高軍曹，你怎麼看？曾根隊長認為兇手是名倉一等兵。他認為名倉頭部挨了重擊後大為光火，開槍射殺苦曹長……。」

「然後假裝昏厥。」隊長以不悅的聲音接話。

「如果真這麼簡單，那我可就輕鬆了。」大手上尉說，感覺聲音中帶有些許揶揄。

我用紙捻[7]綁在那兩把手槍的扳機上，也記下這兩把手槍被丟棄的位置。大手上尉最先拿起的是苫曹長屍體旁的那把槍。手槍裝填的五發子彈，有一發已經擊出，彈匣裡還剩四發子彈。

「給他的槍還真是老舊呢。」大手上尉說。桃園派遣隊配給的手槍，號稱為「六年式」手槍，是附上拉柄以拉起彈簧的連發式手槍。

「就是說啊。如果是參與防諜行動，那派遣隊至少會提供九式手槍，但我們現在暫時都只是在鄉下地方巡視。」曾根中尉忍不住抱怨起來。這位年輕軍官當初志願加入憲兵隊，而來到我們隊上。但是派遣隊的編制實在稱不上是正規的憲兵隊，也難怪他會不滿。這裡幾乎都是轉調來的人，有像我一樣來自輔助憲兵的新進士官，生活型態也幾乎和一般兵科自由行動的小型部隊沒什麼兩樣。

「不過，這種槍不用擔心不小心走火，也有它的優點。」大手上尉苦笑著放下手槍，拿起另外一把。

「這把是掉在名倉身旁的手槍對吧？也就是說，這是苫曹長前一天忘在葦田家的手槍。那天晚上，苫曹長硬要名倉握住這把槍。可以這樣看，對吧？」

---

7 譯註：由扭曲的紙製成的繩子。

「對。」我回應到。

上尉的表情略顯緊張。

「這是怎麼回事？他的彈匣是空的對吧？」

「苫曹長的手槍當時沒裝子彈。」

「有證詞嗎？」

「值班的士官提供了證詞。聽說事件發生前一天，值班的士兵保養完這把手槍，沒裝子彈就把槍收進皮槍套裡，苫曹長在不知情的狀況下，把槍掛在肩上就這樣外出了。」

「然後就忘在葦田家是嗎？」

「配發給曹長的子彈完全是另外保管。」

「這麼看來就像名倉說的，名倉無意確認交到他手中的手槍是否有子彈，也沒那個時間確認。然後他就這樣頭部受到重擊、手槍脫手，昏厥過去了是嗎？不過，被曹長握在手裡帶到庭院的那把手槍，確實射出一發子彈。這個情況怎麼看都像是曹長開的槍。」

「曹長開槍，但自己卻死了？」

隊長露出奇怪的表情。

「根據名倉所說，可以先排除他們兩人從客廳走出來之前，交換手槍的可能性。你提出的相互傷害說，似乎無法成立。」

大手上尉將手槍交給勝永伍長，並向曾根中尉露出苦笑，接著轉頭面向我。

「被使用過的那把手槍，誰是持有者？」

「住院中的近松伍長。聽說是十三日晚上苫曹長外出時向近松借的。近松伍長說那把手槍在前一天晚上緝查米糧私賣的行動中，裝填了五發子彈。」

這時，勝永伍長朝那兩把手槍撒上鋁粉，進行檢查。接著他詫異地抬起頭望向我。

「小高軍曹，你在撿回這兩把手槍後，有沒有保養過？」

「沒有。一直都維持撿回時的原樣。」

「可是這兩把手槍上面都沒指紋呢。大手上尉，這是怎麼回事？」

Ⅱ — 黑暗與時間的條件

問題的關鍵地葦田家，離軍營所在的公立學校約有三百公尺遠。一條河岸頗高的小河橫越這座街市，在面向河邊的狹窄小路上有一扇開著的門。隊長和我帶領兩位搜查官穿過那扇門，走在幾乎把人們臉都染綠的繁茂枝葉下。

這棟建築呈凹字形，從三面包圍庭院。人稱鴟尾式的屋頂尾部往上捲起，無論是暗綠色的唐磚、外牆，還是塗在外牆上的淡紅色彩色灰泥都已經褪色。庭院深處是客廳入口，有一扇厚實的雙開木門，上方的屋簷塗著隆起的灰泥，形狀像匾額一般，中間有三個浮凸的字，寫著「有義園」。建築的兩翼被稱為護龍，也各設有一扇小門。

在客廳入口前方，留下了一個倒臥在石板地上的人形。十三日晚上，我以粉筆先畫下輪廓，等屍體和傷者被搬走後再倒入灰泥。我也在手槍的位置上一併留下記號。

庭院的樹木種類繁多，樹梢緊密相貼。依然很硬實的青葡萄以及小小的水梨從樹縫間露臉，而其中特別顯眼的，是宛如年輕貴婦般，從樹葉間含蓄露臉的白色玉蘭花。

玉蘭花的芳香瀰漫整座庭院，就連在這種場合前來扮演嚴肅角色的人們，似乎也無法對玉蘭花視而不見。大手上尉問道：「這是什麼樹？」

「玉蘭。」

恆子小姐面帶微笑地回答。可能因為恆子小姐身穿樸素的素綢布長衫，她看起來宛如花仙子下凡。瑤琴也在場，我已事先對這兩人在內的所有案件相關人下了禁足令。

「妳在十三日晚上和苦曹長他們一起待在客廳，對吧？」大手上尉從恆子小姐開始訊問。

「當時這扇大門是怎麼樣的情況？」

「當時這扇雙開門只有一邊關上，並架上門閂，另一邊是打開的。」

上尉命她和那天晚上一樣把門關上。仔細調查一番後，上尉接著問：「如果是這樣，室內的燈光就完全不會照向戶外嗎？」

「是的。而且那天晚上從傍晚開始停電，只有那張中案桌上點著油燈，所以真的是一片漆黑。」

「沒錯。這一帶的民宅有電燈設備的人家並不多，但還是常停電。就連我們部隊也很傷腦筋。」我也在一旁補充，提到就是這個緣故，當天晚上無法到現場搜證。原本我還將貨車上的電瓶拆下來，帶往庭院去，但依然無法清楚照亮。因此先派了衛兵在現場站崗，隔天早上才到場搜證。

大手上尉再度望向恆子小姐。

「這棟房子的兩翼各有一扇門窗，那兩個房間也都沒點燈嗎？」

「那天晚上附近的親戚家剛好辦喪事，我們家裡的人都去參加了，只有我正害頭痛留下來看家。所以當時除了客廳外，每個房間都沒點燈。兩邊護龍的門都是從屋內上鎖。」

大手上尉似乎已鮮明地在腦中描繪出當時的狀況。他緩緩環視我們每個人的臉，開口說道：

「那時在三邊環繞的命案現場建築裡，只有這位姑娘，而且屋內和庭院又被完全阻隔。面朝大門的人擁有寬廣的視野，但在暗夜下彼此由於保有一定距離，而無法展開準確的射擊。庭院三邊被牆壁和大門包圍，剩下的一邊則被暗夜區隔在外，這算是一種密室。被害人在近距離中彈也能證明這點，兇手一定和被害人處在很近的距離。因此如果我們從名倉被迫拿的是一把沒有子彈的手槍來看，斷定他不是兇手，那就能推論兇手另有其人。」

我們在對葦田家的人們展開訊問前，先在他們家巡視過一遍。雖然說是巡視，這棟小街市的商家私宅，並不是什麼多大的宅院。房屋客廳的左右各有一間小房間，而像長角一般向外挺出環抱半座庭院的護龍，則各自分隔出兩個房間。恆子小姐、恆子小姐的父母、祖父母與一位叔叔住在這幾個房間中，一家六口在此同居。

客廳後方就像劇場後臺一樣，是很單調的走道，而通往後院的後門就在那裡。後院是像農家幹活用的空地，至於倉庫、廁所則是另外獨立設置。後門外頭的庭院與白天充當護士養成所[1]的公共建築相連。由於整棟建築的占地都以磚牆包圍，從前院到後院一定得從家中通過。這是臺灣民宅常見的建築之一，充滿陰氣沉沉的氣氛，而且滿是陳舊陋習，有諸多不便。

站在後院的大手上尉轉頭看我，向我問道：

「當時後門是鎖著的嗎？」

「從客廳後方前往後院的後門沒鎖。可能是因為廁所在戶外的緣故。不過，後門是從屋內掛上門扣，所以無法從後院進入屋內。」

上尉點點頭，結束查看返回客廳。

客廳是本島人住家一定會有的一個空間，面向前院和道路，是屋內最大的房間。本島人會用客廳來舉行家中儀式或接待客人。

客廳正面深處的牆壁一定會設置供桌，擺放家中祭神和祖先的牌位。神主牌大多會貼上金箔，顯得又大又氣派。有些民宅則會撤除這些擺設，在客廳牆面掛上以大字寫著「天照皇大神」或「神武聖帝」的簡陋掛軸，可能是某個時期被強制規定這樣做吧。

1 護士養成所又稱為看護婦養成所。一八九七年，臺北醫學院設立護士養成所，為近代公立護士教育的起始。早期護士養成所錄取人員以日籍女性為主，一九〇七年後，臺北醫學院以公費招募臺籍女性。一九二〇年代後臺灣各地陸續增設護士養成所。

這戶人家並沒有做這麼不識趣的事。在葦田家一家之主還沒改成日本姓氏，仍保持陳姓的少年時代，風行於島上知識階層的老莊思想影響力依然維持至今。在這座種滿果樹花木的小園子深處，這戶人家的廳堂總是祥和寧靜。掛在牆上豪邁的丹條聯[2]筆法書法掛軸以及四君子圖和蘆雁圖等，讓人彷彿坐在中國古老的身影中，無比雅致。

大手上尉隨意挑了一張紫檀椅，請恆子小姐坐下。

「可以告訴我那天晚上的狀況嗎。」

原本我以為恆子小姐應該早預料會碰到這種情況，但她還是不由自主全身發抖。她的眼神就像在注視什麼可怕的景象。

……五月十三日是城隍爺的祭典日，曹長來時我正好端出菜餚招待名倉先生，並和他聊天。曹長看到只有我們兩人在這裡，就露出令人不舒服的笑容。我看了很生氣，馬上起身去屋內，拿曹長先前忘在這裡的手槍。當我將那把收在我房間裡的槍拿出來時，曹長已經開始欺負名倉先生。

我不知道說這話恰不恰當，平時我就看不慣有官階的人欺負士兵，於是我訓斥了曹長。結果曹長將我拿來的那把槍遞給名倉先生，說要和他決鬥。名倉先生明明不願意，曹長卻還是硬拉著他走向戶外。

我感覺自己彷彿全身血液開始逆流，不顧一切往門口衝去。但曹長從外面抵住門，讓門怎麼也推不動，憑我的力氣實在不是他的對手。雖然我一心急著往外衝，但我同時心想，要是不另外想辦法阻止，恐怕會有憾事發生。這時我想到可以從別的門前往庭院。

我火速穿過我位於護龍的臥房，來到那扇通往庭院的門所在的房間。這時，一陣震耳欲聾的槍響傳來。我心想：完了，來不及了，全身就像以前罹患瘧疾時一樣麻痺。

……終於，我回到了燈火通明的客廳，整個人癱坐在地上。不久客廳的大門被猛然打開，只見瑤琴衝進屋內，我頓時鬆了口氣，幾乎就要昏厥過去。但瑤琴跑來緊緊抱住我，搖晃著我的身體並大喊：「有兩個人死在庭院裡！」我才回過神來……。

「這麼說來，發現屍體的人是瑤琴小姐囉？」大手上尉轉頭面向瑤琴，注視著這位讓人聯想到綠葡萄的姑娘。

「我當時真的非常害怕。」瑤琴雙眼圓睜，看起來也像回想到當時的情景一般。

「那天我到前面的陳家幫忙辦喪事。因為恆子姊說她頭痛，所以由我代替她前去。臺灣的喪禮真的很吵鬧。忙完以後天色已經很晚，我想起恆子姊自己一人在家會孤單，就回去了。

2 丹條聯為中國傳統字畫。

一路上黑漆漆的，我邊走邊甩動火繩，[3]不料回家一看，發現有兩個人倒在地上。我當時以為他們兩人都死了。」與恆子小姐相比，瑤琴的日語略顯生硬。

「之後我和恆子姊商量，決定前往通知小高先生。恆子姊說她很害怕，不想留在家裡，所以我們兩人一起到學校去，請站哨的士兵叫醒小高先生。」

「妳從辦喪事的人家走夜路到這裡，花了多少時間？」

瑤琴模樣可愛地偏著頭。

「這個嘛……三分鐘左右吧。」

「在路上有沒有聽到槍聲？」

「有。果然那是槍聲。我離開陳家後，一路上甩著火繩，快步走在漆黑的道路上，這時有個人迎面走來，向我說：『妳好。』我一聽到聲音，就知道是金先生，金先生是郵局裡的電信專員。當我們停下腳步時，我聽到像開槍的聲響。我們兩人還討論那是什麼聲音呢。」

「你記得那是幾點的事嗎？」

「記得。」瑤琴無邪的雙眼炯炯發亮。

「我去陳家幫忙，那邊很多事要忙，一時忙到很晚，所以聽到那個聲響時心中隱隱感到不安，便向金先生詢問時間。金先生藉著火繩上的火光低頭看錶，告訴我時間是：『九點〇六分』。」

站在大手上尉身旁的勝永伍長，急忙把時間記在筆記本上。

「之後到妳抵達這裡前，一共花了多久時間？」

「我和金先生站著聊了一會兒後便分開了。之後我趕回來，進門的時間應該是九點十分左右吧。」

「你有遇到其他人嗎？」

「沒有，沒遇見。」

「妳進門時，庭院裡有人嗎？」

「沒有……。」瑤琴彷彿感到毛骨悚然般，臉色發白。

勝永伍長留在玉蘭花香飄散的庭院裡，我們在返回軍營路上，遇到從臺北趕來與搜查班會合的信上等兵。這位輔助憲兵從臺北帶來苫曹長的屍體解剖分析影本。大手上尉一走進隊長室，便馬上看過一遍信上等兵從背包中取出的文件。

「解剖分析中對於死亡的推測時間，也和證人的證詞一致。死因是六年式陸軍手槍造成

3 火繩可作照明之用，在繩子上點火，甩動繩子以讓火持續燃燒。

心臟部位損傷，子彈貫穿心臟留在脊椎內。就是這顆。」

大手上尉從信封裡取出一顆子彈，擺在桌上。這顆表面氧化的子彈散發一股不祥之氣。

曾根隊長微微皺眉說道：

「兇手似乎不是名倉呢。名倉拿的槍沒有子彈，而且遭人擊倒在地。我們似乎能研判有第三者存在。」

「十三日晚間是暗夜，要在遠距離準確開槍是不可能的，但子彈卻精準地射中心臟下方位置，從這裡可以看出，死者是在近距離下中彈的。」大手上尉一字一句慢慢說。

「所以說，要是兇手另有其人，當苫和名倉從客廳走出來時，對方早就藏身在大門附近了。但是不管天色再怎麼黑，兩人應該都不可能沒察覺附近有人。就算名倉當時很激動，難道會沒發現對方存在嗎？」

「照這樣說，根本沒有第三者存在囉？」

「或者說，名倉還沒來得及發現對方存在，對方就已經打倒名倉。苫當時還站在屋外抵住門，不讓葦田家的小姐衝出來。那傢伙站在聽到聲響而回過頭看的苫面前，朝苫開槍，然後在那名叫瑤琴的姑娘回來前先行離去……。」

「但沒有證據吧？」

「如果沒有出現第三把槍的話。」

「原來如此，如果能找到剛才調查那兩把槍以外的第三把槍，那就能證實第三者存在，對吧？那如果能發現打傷名倉的凶器，是不是同樣也能幫助我們推測第三者存在？」

「沒錯。剛才我已經派勝永伍長去找了。但從案件發生當晚到隔天早上，小高軍曹他們都查無所獲，所以不用期望太高。當時由於是黑夜，我認為第三者也不可能用現場的東西打傷名倉。」

「軍醫在看過名倉頭部傷口後，說那是被鈍器所傷對吧？」

「可能是手槍握柄之類的。總之，應該不是用完就隨手丟棄的東西，再怎麼找也沒用。」

「如果有第三者存在，那麼就會是他用手槍握柄打倒名倉，接著開槍射殺苫曹長。但如此一來，苫身邊那把手槍的問題該如何解釋？苫射擊的對象是誰？」

「還有槍聲的問題。根據名倉、恆子小姐與瑤琴小姐的說法，他們都只聽到一聲槍響。」

「可能是兩把槍同時開火吧，而且是在近距離之下。不過另一顆射出的子彈應該會在某個地方才對啊。」

「勝永和信目前正在搜查那顆子彈的去向。但重要的是從屍體身上取出的子彈，這是部隊使用的子彈。如果這顆子彈是從第三把手槍射出去，那表示凶器一定是派遣隊所屬的武器。因此，必須把隊上所有人的手槍都收回來檢查。」

隊長漫不經心說出這番話，然後才露出「這下麻煩了」的表情。不過他也早預料到自己會下這道命令。他召集各分隊長，命令他們把發配給分隊的手槍全部收回來，並下令要軍械士將攜帶的彈藥箱搬來。

派遣隊是在六個分隊中插入指揮班的小隊編制，各分隊由一名士官擔任分隊長，加上幾名輔助憲兵組成。除了名倉和根本這種負責營內勤務的輔助兵外，士官和輔助憲兵都有配置一把手槍。軍官和士官配有三十發子彈，憲兵則配有十五發子彈。

軍械士會配發子彈，是在大隊發布查緝米糧私賣指令時，之後派遣隊成員一直沒有消耗半顆子彈的機會。除了發生命案當晚，苫曹長攜帶近松伍長那把手槍外，軍中發配的實彈一顆都沒有少，彈藥箱剩餘的子彈數也與帳冊完全符合。

只有隊長和軍醫之前在鶯春街的射擊場做過實彈射擊，而有第二次特別配發。但他們被配給的子彈數同樣也經過仔細檢查。

由於派遣隊被配給的手槍不是新品，要進行彈道檢測並沒有那麼簡單。但除了軍官們的手槍外，檢查過程沒有發覺任何一把手槍出現近期的射擊痕跡。

非但手槍沒出現異常，實彈數也沒改變。彈藥這種東西與其他物品不同，不是隨便就能從大隊總部或別隊補充，在這種警備地區的軍隊也絕不可能隨意取得。彈藥本身不是隨人數自由配發的物品。

這麼一來，在派遣隊就不可能有另一名兇手存在。會判斷不可能，是因為調查小組將隊上所屬的武器視為凶器。在桃園街，有兩、三個部隊以我們派遣隊的名義駐守，但葦田家離憲兵隊很近，跟憲兵隊特別親，其他部隊士兵都很忌憚，不會隨便靠近。

兇手是本地人士的假設也不可能。就算我們軍隊再怎麼鬆散，也不可能完全沒察覺地方百姓持有軍用手槍。而且這附近本島人個性都很溫順，過去從來沒有人從事諜報行為被舉發。要說有本島人不為了特殊目的，而刻意藏匿軍用手槍，那更不可能。最後我們的結論是沒必要朝這個方向展開調查。

這時，勝永伍長和信上等兵回到隊上，他們很用心搜查卻徒勞無功。勝永伍長和信上等兵仔細調查葦田家庭院和周遭的建築物，沒有發現疑似手槍的彈痕處。為了謹慎起見，勝永伍長還請警局幫忙，提出若有人拾獲手槍子彈請通知一聲，或到附近民宅與他們聯絡。但他對這件事也不抱持太大期待。搜查小隊沒找到打傷名倉的凶器，也在大手上尉預料之中。

綜合先前的調查結果，搜查小隊得知被用過的那把槍掉在被害人手邊，被射出的一顆子彈，則從屍體中被取出。

「這樣的話，我們的結論是什麼呢？」曾根隊長一臉疲憊，求助似地問大手上尉。但這名搜查官卻不在乎地說：

「假使我們不期望找到第三把手槍，就只能得出苫曹長是被自己手中的槍射中這個結論，而且不會是自殺。但事實是別人不可能做到用苫手中的槍射殺他，苫的屍體也沒出現和人扭打的痕跡。我們或許只能回到你提出的相互傷害說了。」大手上尉以他特有的苦笑神情望著隊長。

「苫曹長以手中的槍打倒名倉時，一時用力過猛讓槍脫落。名倉雖然趴在地上，但沒有昏過去。他倒地後馬上撿起那把槍，站起來射殺苫。可能就像這樣吧。」

「名倉似乎有殺死苫的動機。」曾根中尉眼看這個結論可能會回到他一開始的說法，露出白忙一場的表情。

這時，大手上尉轉頭望向勝永伍長。

「你去過郵局了吧？」

「去過了。」勝永伍長併起他那雙長腿的鞋跟回應。勝永伍長雖然和大手上尉關係親近，但沒有忘記軍中的規矩。他的態度充分展現率直的敬意，年輕又有朝氣。

「桃園街只有一家郵局。是三等郵局，兼當電話局。[4]電信專員是一位叫金天騏的青年。

他說他去陳家守靈的路上，遇見江瑤琴。他記得曾聽到槍聲，當時時間是九點〇六分。關於槍響一事，我請街上的警局幫忙，目前正在向葦田家附近的民宅打聽。」

「就算民宅中有人聽到槍響，能取得明確的證詞嗎？對他們來說，軍人和警察都是讓人敬而遠之的凶神。」大手上尉朝我露出苦笑，但接著他似乎浮現什麼念頭，仔細打量我。

「九點〇六分，部隊在熄燈後至少會有衛兵和夜班人員沒睡。但士兵卻沒人聽到槍聲，這感覺事有蹊蹺？」

於是換我說明當天晚上在部隊的情況。

令人慶幸的是，那天晚上分隊裡沒人私自離營。可能剛好軍營停電，各分隊營房都在規定時刻前提早就寢，那時大家才剛上床不久。軍中點燈的地方有士官室以及隔壁的病患室。當時有兩、三名士官、罹患瘧疾而住院的近松伍長，還有輪值當隊長傳令的輔助兵都還醒著。

我們部隊把沒有鋪木地板的磚造教室當作營房，以校長辦公室兼接待室當隊長室，因此隊長室是全校最氣派的房間。醫務室是在同一棟樓裡的木地板房間，只有士官室和病患室

4 一九〇一年，日本總督府在臺北火車站設置臺灣第一個電話所，作為提供民眾撥打電話的機構。後於一九〇七年，總督府廢止全臺灣三十九個電話所，指派各地郵便局承繼電話所公共電話之業務。

是用鋪了榻榻米的裁縫室，但那間裁縫室看起來像後來才增建的。學校的操場被幾棟磚造的建築環繞，磚造建築物從幾乎呈ㄇ字形排列的校地，一路往緊鄰的日本人教職員宿舍占地延伸。充當營房的校舍與裁縫室中間，則設有廁所和廚房。

根本一等兵並不知道名倉沒返回營內，從熄燈前就已經睡在廚房角落的狹窄榻榻米上。我和伙房班長筈見兵長則是睡在隔壁的總務室。

部隊的隊長室位於ㄇ字校舍的中央棟，校門則在建築物外。十三日晚間，曾根隊長去了臺北不在營內，輪值的士兵則住院了，隊長室空無一人。隊長室旁邊的醫務室，按照慣例會是津路軍醫和衛生兵睡在那裡，但那名好色的衛生兵當天晚上外出，熄燈前才趕著溜回軍營門口。我隱瞞了這件事，沒讓搜查官知道。那名衛生兵說他歸營後都在士官室打發時間，因此津路軍醫應該是自己一人睡在醫務室裡。

除了這些人以外，當天晚上還有兩名從九點到九點半在校門旁哨所的衛兵（由於學校的校門成為營門，小學生或學校相關人員在進出校園時，都是使用另一側的小公園後門，與充當軍營的這一側建築呈相反位置），以及兩名夜班人員。他們都沒聽到槍聲。這可能是因為手槍發射的聲響沒引來巨大回音，或前一天在小公園後方，葦田家親戚陳家的孩子染上阿米巴痢疾過世，陳家從當晚九點前開始舉行喪禮，送葬音樂如「滿山鬧」或「八音」驚人的音量響個不停。瑤琴說臺灣的喪禮很吵鬧指的就是這個。

「我因為腹瀉，從七點左右就躺著睡覺了，但被那個音樂聲吵醒。之後我去廁所洗手，這時夜班人員前來巡視。我吞完藥後問夜班人員時間，他說是九點十五分。回床上後我還沒睡著，夜班人員又來了，說葦田小姐來哨所，請他們叫醒我。」

大手上尉仔細聆聽，一邊頻頻點頭。

「聽你這麼說，那名郵局員工的手錶指向九點〇六分時，除了苫和名倉外，所有人都在部隊內……勝永伍長，那名郵局員工的手錶準確嗎？」

「金天騏因為職業緣故，向來都很注意時間。」

這時，不知道什麼時候來到我身後的伙房班長筈見，不安地走向前。他從口袋取出一支鍍鉻的手錶，擺在桌上。

「我完全忘記了……這是名倉一等兵的手錶。」

我們大吃一驚，不約而同望向這位懶散的老兵若無其事的臉。

「我在替名倉治療時，從他手腕上取下這支錶，放進自己的口袋。後來就這麼忘了，抱歉。」

我忍不住苦笑。筈見早已把自己的手錶拿去典當，典當的錢不是拿去買紅麴酒喝，就是去買春。但做事一板一眼的曾根中尉每件事都得照表進行，否則會不高興。曾根中尉一直很在意名倉和根本手錶的時間，這兩名士兵的手錶時間會很準確也是這個緣故。

箬見可能心想，名倉的手錶早晚會被當作遺物分送眾人，於是決定私吞。但他一定是因為調查小組開始追究起準確的行凶時刻，忍不住害怕起來，只好百般不願主動拿出來。不過搜查官一拿起那支手錶，馬上蹙起眉頭。

「名倉的手錶停在九點〇三分呢。」他試著轉動手錶龍頭。

「指針因為齒輪脫落不會動，發條似乎還在運作，鏡面上有裂痕，是手錶在撞到某個東西時，一小塊玻璃嵌在裡頭擋住指針運行，才不會動。這支錶在名倉前往葦田家前沒故障吧？」

面對這個詢問，被喚來的根本一等兵也提供證詞。他說他們一直很注意手錶時間。曾根中尉猛然一驚，說到：

「手錶是在名倉被打倒時，被損毀才停下來的吧？」

「沒錯。如果真是這樣，這支手錶顯示的就是行凶時刻。名倉說他是在頭部被重擊下個瞬間聽到槍聲，但如果名倉的手錶和郵局員工的手錶都準確，那行凶的時刻會有三分鐘的差距。假設沒有金天騏的證詞，我也希望這支手錶顯示的就是行凶時刻……不過，也可能是名倉在客廳與苫爭執時，手錶撞到某個東西而停止不動。」

大手上尉臉色凝重做出這個結論。

一開始顯得困難重重的案件，在搜查官們梳理下很快就變得條理分明。接著，搜查官們開始審問名倉一等兵。名倉當然臉色發白，極力否認犯行。他始終堅稱「我當時昏倒在地，什麼都不知道」。就這樣名倉被帶回分隊派兵監視。他那難看的臉在白色繃帶下極度扭曲，開始號啕大哭。

但那晚部隊用完晚餐後，搜查官們再度審問他，名倉態度卻起了一百八十度的轉變。他目光炯炯地回望大手上尉，以昂然之姿答道：「沒錯，是我殺了他。」他臉上甚至泛起僵硬的微笑。

當天晚上，名倉頻頻大喊大笑或低聲啜泣，隔天一早，大手上尉暫時用隊上貨車將他載往新竹市的大隊總部。

之後我整個人像洩了氣似的，備感沮喪。當我走進伙房時，根本嬉皮笑臉朝我走來。

「小高軍曹。我一開始就猜到是名倉幹的。苫曹長雖然很令人頭痛，不過名倉同樣是個胡來的傢伙。」根本此刻的口吻，簡直已經把他們兩人葬送在過去一樣。

「那天我誇獎了名倉一番。我對他說，你真的很了不起，堅守住男人的骨氣，讓恆子小姐守住女人的面子。他這才願意自白。」

我一聽瞬間呆住，望著眼前這名禿頭中年男子得意洋洋的臉。就是他替名倉送晚餐的，當時他一直吹捧名倉，讓名倉異常亢奮，產生自白衝動。我連喝斥根本的力氣都沒有了。

Ⅲ 一 手槍的數理邏輯考察

做什麼事都提不起勁，這令人吃不消的暑氣。這起案件看似已經落幕，反而讓我更茫然。

如果名倉是兇手，他整個犯案過程都被恆子小姐知道了，那逃亡反而會是愚蠢的行為。他佯裝自己失去意識的舉動是明智的。那樣的表現就像昆蟲感覺到有危險時會裝死，或許是出於一種本能的智慧。然而，如果有人對我說膽小的名倉是殺人犯，我只會覺得荒謬至極。

名倉不是兇手。但我有辦法證明這點嗎？一切都像那天晚上一樣，被黑暗重重包圍。就只有那難以捉摸的白色玉蘭花幻影，仍殘留在我眼中……。

曾根隊長鬆了一口氣的神情、根本得意的模樣，還有士兵們不知道懷疑為何物的無知臉龐……每個人都很輕易地認定名倉犯案，並感到安心。我受不了軍營這股氣氛，一如往常逃到本島人居住的街市。

先前我隸屬於軍司令部時，[1]我們的軍隊駐守在臺北城內，那裡是內地人的居住區[2]，沒有一棟本島人的房子。在被轉調到新竹憲兵隊後，我馬上被派來桃園，這才融入本島人的生活環境。

在桃園街的警察、教員、公家機關高層管理員以及零售商當中，只有極少數的內地人，不過這裡看起來與戰爭毫無瓜葛。在內地人會出現的地方，市民和士兵幾乎表現同樣態度，看起來一片祥和的本地居民與直面戰爭的軍人，兩者明顯混居在一起。

這群無知的異邦民族，他們祈雨、祭風，謹守規矩地生活以及嚴格守護香火的模樣，對我們來說是嚴厲的批判。然而我們的生活態度，或說我們得以活下去的限度，不允許我們抱持這種觀點。因為過去我們一直是被一種過於誇大的計算，和毫無意義的熱情支配。

而我動不動就逃出軍營，像苫和其他士兵一樣想趁假日外出，試圖以感性的熱情捕捉他們生活中的奇觀。可是很遺憾的，我追求的只是幻影。除非這場直接滲進我骨子裡的戰爭不是幻影，否則連恆子小姐和瑤琴也不過是虛幻的存在。

儘管這些都可能只是虛幻的景物，對我來說卻是一種無與倫比的慰藉。首先，這街市小巧美麗的景象，讓我從最初進駐此地就被深深吸引。

以火車站為起點，道路兩旁是由一路相連的磚造民宅形成的亭仔腳，路的盡頭以金碧輝煌的寺廟為中心，並且有一個熱鬧的廣場，這一帶就是街市的核心。

由於正值戰時，街上沒有任何樂子可言。說到吃，寺廟附近除了販賣土豆仁甜湯和芋

1　一九一九年日本實施《臺灣軍司令部條例》，臺灣總督府陸軍部改制為「臺灣軍司令部」，隸屬於日本帝國陸軍省，負責統御臺灣與澎湖列島的臺灣軍。臺灣軍司令部原設址於臺北城內西門街，後遷址到臺北市三線道書院町（今中正區建國里）。

2　內地人指日治時期的日本人。

頭冰的店家外，就只有賣紅棗的攤販。這種東西不合我胃口。

戰爭時期物資同樣匱乏，但臺北比這裡的狀況好很多。對來自新竹的士兵們來說，在這座小小的鄉下城鎮肯定悶得發慌，不過身在這種異國他鄉的環境，我卻在日常卑微而執著的重複中，感受到一種隱密短暫的喜悅。

因此，每當我想從軍紀與營規的無情世界中跳脫，我就會通過衛哨站走出營外。當另一個世界的空氣滲入體內時，我總是目視前方，表現出漠不關心的神情，一路往前走。

憲兵大多服儀整齊，我同樣沒向炎熱認輸。我穿著夏季衣褲、雙腳套上豬皮長靴、腰間掛佩刀、手槍配在腋下，頭上則戴著呢絨戰鬥帽。苦曹長的屍體跟我也是一樣的穿著，唯一的差異就只有上面裝飾的星星數目。這天我在路上遇見行進中的地方徵召兵分隊，接受他們敬禮。之後我一路走到寺廟前。

我站在廣場角落，仰望有一陣子沒造訪但一直很喜歡的寺廟，感覺鬆了一口氣。這座廟無非是一個外觀絢爛的怪異之物，但充滿童趣和質樸之美。它的存在就像一盆熱水，澆在我因長期軍旅生活而變得僵硬的心上，舒緩了我。

在這座廟的門上繪有身形偉岸的神荼、鬱壘這兩尊神明，[3]柱子上刻有金字對句，並有升龍和降龍的精細雕飾。[4]在大弧度上翹的釉瓦大厝背稜角上，有小小的神像躍向那捲起的浪尖，各自展現戰鬥的英姿。他們全都是在西遊記或封神演義中登場的神明。

桃園街是新竹海岸防線的後方據點，一直以來都有幾個部隊在此駐守，當地士兵數量也相當多。但會自行前來欣賞這座寺廟的人，恐怕只有我了。我還認識這裡的廟公。這邊的廟公姓張，他是一名師公。

本島人的信仰，是以這些大大小小的寺廟和客廳的祭神為主，我對這種奇幻事物特別感興趣。第一次走進這座廟時，我就很想見見廟中的管理員，多方向他詢問這裡的實際狀況。

然而，當時廟裡賣金紙的少女帶來的男人，雖然看起來不到四十歲，卻完全不會說日語，與我原先的期待有些落差。張師公目光炯炯，看起來是個老實人。他其貌不揚，那顆平頭一再向我鞠躬，臉上掛著意味不明的微笑，不管我問什麼，他都不明白我的意思。不過後來我不時有機會和他碰面，才知道他在周遭居民的生活中有相當權威。

我手中有本一九一六年出版的《臺語會話》，其中一部分就提到寺廟拜訪。我已經大致

3　神荼、鬱壘為中國民間信仰中的兩名神祇，為著名的門神。相傳兩人樣貌兇惡、專治厲鬼，故民間家戶與廟宇在大門做其塑像，以驅逐魔魅。

4　臺灣寺廟中的龍柱又被稱為「蟒柱」或「蟠龍柱」，位置在三川殿及正殿，用來支撐建築物重量。升龍為柱子上的頭往上方，呈升起之勢；降龍指龍的頭部往下，呈下降動作。

掌握其中要點，試著摘錄如下：

——在廟裡有和尚嗎？

——有些廟有，有些沒有。有些廟是由不吃肉的人（又被稱為菜公）擔任廟公，有的則是由一般人擔任。

——廟裡有公錢（財產）嗎？

——有些有，有些沒有。

——如果沒有的話，那應該怎麼籌錢？

——需要用錢時，就臨時募捐。

——燒金紙的人會捐錢嗎？

——會。那叫香油錢。

——那人們會捐贈其他物品給廟方嗎？

——會，會帶各種東西來廟裡許願。

——我看到有人拿兩個物品在神明前丟，那是什麼東西？

——那是筊杯，如果是笑筊，表示神明笑了，是不同意。如果是陰筊，表示神明在生氣。如果是允筊，那表示神明同意了。

——那笑筊、陰筊跟允筊要怎麼看？

——有的筊是用竹的根部製成，有的是用木頭製成。筊的其中一面平坦、一面彎曲，模樣像龜殼。兩個筊杯是一組。擲筊時如果兩個筊平面都朝上，那稱作笑筊；如果是彎面都朝上，那叫作陰筊。如果朝上的一面不一樣，那就叫允筊。

——聽說講籤有兩種，它們分別代表什麼意思呢？

——有籤詩和藥籤這兩種。籤詩是問事，藥籤是問藥。

——那藥籤真的能吃嗎？

——藥籤的藥大多藥性溫和，所以吃了也無害。

——那除此之外，問神明還有什麼相關儀式嗎？

——以前有跳童、撵乩、扛輦轎，但現在不多了。

——什麼是跳童？

——神明會附身在某個人身上，讓這個人代替神明說話。這樣的人被稱為乩童，會在神明附身時跳舞，所以又叫跳童。

——要怎麼做神明才會附身？

——要有一個人在旁邊誦念咒文，這個人又被稱為法師或豎桌頭。

——撵乩是什麼？

——「乩」大多是由桃枝或柳枝作成，他是分岔的，形狀跟「人」字一樣。一個人握右邊，一個人握左邊，另一個人念咒文。在神明附身後，乩會自己動起來，在桌上的沙子中寫字。

——扛輦轎是什麼？

——那是將神明綁在輦轎上扛起來，接著念咒文，等神明附身後，輦轎的轎槓[5]會在桌上寫字。

——菜堂是什麼？

——菜堂是喫菜人祭祀神佛的地方。

——喫菜是什麼意思？

——意思是指不吃生物。例如豬、雞、魚，都不能吃。

——聽起來真是詳細，勞力勞力。

——不會、不會。

（依同安腔發音）

從我當時站的位置，可以看到前面廟宇旁的部分道路。這時勝永伍長突然出現在我面前。

勝永的身材很高大。我和已故的苫曹長差不多高，算是高個子了，但還是沒有勝永高。當時在葦田家的庭院，那棵玉蘭樹下方樹枝的花都碰到他的頭了。他那像是鐵籤般突兀清瘦的身軀，最上面是一張渾圓的童顏臉蛋，以及形狀像碗公的大頭，連特大號的戰鬥帽繫繩都得鬆開來才戴得下去。他給人的感覺就像是位國中模範生，那張潔淨的臉龐彷彿有些許古板。

大手上尉回新竹市後，勝永獨自留下來搜查。在寺廟的後方有一座市場，聽說以前有人會從臺北一帶專程到這裡採買農產品，但可能現在是戰時，市場變得冷清許多。市場後方是士兵們稱之為「藍燈」（青電気）的暗孔[6]，勝永不是大白天就會在那種地方鬼混的人，想必是在調查苫曹長十三日晚上的行蹤。勝永一看到我，就緩緩邁開他軍刀般的長腳朝我走來。

暑氣令人不舒服，但勝永露出不帶一絲陰鬱的開朗神情，看了反而讓人覺得奇怪。「你要去哪裡？」勝永露出親切的笑容招呼我。

「去廟裡玩，放鬆心情。」

「小高軍曹，你喜歡這種地方嗎？」勝永毫不掩飾露出意外的神情，但他似乎不太感興

5 轎槓為轎身兩旁的粗木棍，用於抬轎子。

6 「暗孔」為臺灣對私娼寮的稱呼。

趣。他補上一句：「我們一起走吧。」

我其實想獨處，但沒有理由拒絕。我們兩人從「靈惠廟」的金字匾額底下走過，到了廟的前埕。扶桑花已經開得艷紅，像是甦醒似的。

這座廟的主神是開漳聖王，廟殿中央有一尊巨大神像坐鎮。神像身穿閃亮金衣，紅臉有一半覆蓋在鬍公髯底下。神像的左右兩側是輔順、輔信這兩名將軍，它們坐在形貌怪異的馬頭上，展現出騎馬之姿，睥睨著四方，每一尊神像都讓人抬頭仰望。這些氣勢磅礴的巨神，都做成真人偶的樣子，看起來栩栩如生，彷彿隨時都會皺眉或打噴嚏。

張師公的頭上戴著黑頭巾，坐在神像前面的地上。他像螃蟹般張開穿著黃袍的手肘，朗聲誦念經文。他一聽到長靴接近的腳步聲轉頭看到我，就露齒而笑。

我跟勝永信步走在祭壇外圍的走廊，欣賞廟裡祭祀的觀音媽和地藏王等體型較小的美麗神像。第一次造訪此地的勝永伍長看得雙目圓睜，頗覺新奇。但他那顆大腦袋裝的似乎全都是有關案件的事，在我耳邊說個不停。

「十三日當晚，出現在葦田家的苫曹長喝得酩酊大醉吧？我心想這條街上應該有苫曹長熟識的人家。我在部隊四處打聽是否有人知道，試著搜索曹長行蹤，結果我查出整個經過。那天曹長離開部隊後，直接前往藍燈和女人喝酒，接著去到葦田家。那戶藍燈的屋主姓邱。

從前後情況來看，曹長的行動似乎是有計畫的。」

「曹長喝完酒後順道去葦田家，是要拿回先前忘記帶走的武器嗎？」

「沒錯。雖然說曹長前往藍燈，也可能是為了打聽消息，但我不覺得他那次外出還有其他目的。因此那天晚上苫曹長人在哪裡、順道去了哪些地方，派遣隊的人應該都知道才對？我覺得這點相當重要。」

聽勝永說出這番話，我才明白他追查案件的能力遠比我想像中來得厲害，不可否認我感到有些意外。

誠如他所說，部隊裡的人都知道，苫曹那天晚上應該會繞去葦田家一趟。就算是名倉原本也一定在思考如果苫曹長先去葦田家，那他就要直接回部隊。勝永似乎逐漸鞏固第三者的存在並非只是偶然的原因。

我們繞了一圈回來後，師公還沒念完冗長的經文。一名帶著孩子的清瘦婦人供上一隻拔光羽毛的母鴨，向神明拜了一拜，然後插上竹香、焚燒金紙，拿起擺在中案桌上的筊杯，以竹香的煙加以淨化。這對有如香蕉剖成兩半的杯筊，離開婦人手後落向石板地，發出嘲笑般的喀啦聲。

「那個女人在做什麼？」勝永伍長在好奇心驅使下停下腳步，注視著婦人。

「那是一種叫作擲筊的占卜，是每間廟都會擺的道具。如果擲出的結果是陰和陽，也就是一正一反，那就表示是吉。如果兩個都是陽，那就是半吉半凶。如果兩個都是陰，那就表示是凶。看來，這位婦人擲筊擲得不太順利。」

婦人並不死心，反覆地擲筊，我笑著從她身旁離開。但勝永似乎想到什麼，露出認真沉思的表情。我們再度從紅豔的扶桑花前走過，在表情凶惡的門神目送下走出廟宇。

勝永伍長究竟在想些什麼，激起我的好奇心。我往軍營方向走去，壓抑不住想向他套話的衝動。

「名倉的嫌疑已經確定了嗎？」

勝永從沉思中被拉回現實。

「如果是一時興起的犯案，那就像大手上尉說的，即便只作為軍法審判的起訴條件，那也足夠了。而且名倉也已經自白了。」

「但名倉不是馬上又翻供了嗎？」

「就算翻供，間接證據還是具有決定性，所以應該沒用吧——如果目前我們知道的是完整的狀況。」

我們兩人突然互望了一眼。

「你指的是手槍吧？」

「沒錯。一把手槍和一發子彈……這是推翻不了的證據。」

那天晚上我輾轉難眠。不，持續的精神疲勞讓睡意馬上襲來，但我因為害怕而遲遲無法入眠。之前睡在醫務室稻草被子上的名倉的臉，浮現在我眼中。那是無比落寞而可怕的神情，彷彿隨時會堵住我呼吸，朝我壓迫而來。為了將他推開，我使出渾身力氣好不容易醒來。但接著我又難以抵擋睡意侵襲，再次沉沉入睡。

這次我夢見白色的玉蘭花，朝我若有似無地逼近。在睡夢中我凝視著玉蘭花，鼓起勇氣與緊逼而來的死亡恐懼對抗，這讓我的額頭和後頸直冒冷汗。

那一夜，我是否感受到如此被壓迫的經驗？我走進葦田家庭院時，那裡一片漆黑，在帶著貨車的電瓶進入庭院前，連玉蘭花的影子都看不見。這麼說來，那濃烈的花香是從我記憶深處產生的幻影嗎？

當我真正醒過來時，我心中浮現這樣的念頭：我一定得救名倉。但我能提出什麼反證呢？

隔天一早，我的腦袋因為睡眠不足而沉甸甸的，在抬頭時我感覺胸口一陣刺痛，伸手一摸，發現不知道什麼時候乳頭旁邊被撞傷了，腫得很大。這讓我更加陰鬱。

不過為了這起案件而操心的人，並不只有我。勝永伍長也有他自已的搜查方針，並正為此發愁。我一直沒察覺，在我們前往靈惠廟兩天後，勝永請聯絡兵把以下的報告送到人在新竹的大手上尉手中。當然，這件事我也是後來才知道。

＊　＊　＊

——勝永伍長的調查報告

之後我的搜查一直沒有斬獲，辜負您的期望，真的很抱歉。請容我在此秉報，我正遵循搜查隊長您寬懷的想法，從其他角度展開搜索。

首先，我對犯案時間抱持疑問。瑤琴與金天騏在證詞中提到的時間，是他們聽到槍聲的時刻。他們當時馬上看了金天騏的手錶，能證明那是槍響時間。但那不見得與名倉聽見槍聲的時間一致。

關於隊長對時間差的判斷，我有些不解之處。不過您先前說過，如果沒有金天騏與瑤琴提供時間的證詞，您倒希望看作是名倉在跌倒時撞壞了手錶，我認為這是很合理的解釋，對此深有同感。

我試著就這一點開始思考。如果名倉的手錶是在他聽到槍聲後就損毀了，金天騏則是在聽到槍聲後低頭看錶，那麼，這之間的時間差代表什麼？也就是說，那晚有兩度傳出槍聲，分別是在名倉的手錶停住不動的九點〇三分，以及金天騏低頭看錶的九點〇六分。

可是被丟棄在現場的兩把槍，有一把沒子彈，另一把則只開過一槍。那麼要是那晚出現兩次槍聲，我們理應能判斷有第三把手槍存在。

說個題外話，前天我在桃園街的寺廟裡看到擲筊。當一對杯筊被丟向地面時，我從它們的形狀聯想到兩把手槍。這兩個杯筊呈現表裡兩面，在卦象中具有「＋」和「－」的特性。在推理上，被丟棄的手槍也能被看作具有數字的相對關係。

換句話說，我們在現場發現的兩把手槍中，其中有一把是空的，我們因而推測另一把槍是凶器。這是1＋1－1＝1。[7]但我並不贊成從這種觀點推導兇手是名倉。因為兩把槍在推理上是對立的，所以我反而認為事實上是－1＋1＝0，凶器不在這兩把槍之中。

因此我先假設有第三把槍X存在，並試著思考手槍X與現場發現那把有實彈的手槍A，兩者之間的對立關係，或其他更複雜的相反數關係。例如：一、射出子彈的手槍A及手槍

7 這裡指命案現場發現的兩把槍加在一起，扣掉不合的那把，剩下的1即是兇器。

X，哪一個是凶器？二、手槍A及手槍X，哪一把槍是在九點〇三分發射，哪一把又是在九點〇六分發射？三、手槍A或手槍X裝的子彈B，是從苫曹長的屍體發現，但手槍A或手槍X射出的另一顆子彈N在哪裡？

把手槍X當作凶器來探究，雖然好像是故意將手槍A和手槍X的關係講得很複雜，但這樣推理能證明從屍體中取出的子彈B（六年式陸軍手槍用的子彈），與一直沒找到的子彈N，可能是同型子彈，[8]我才會想到如此複雜的相關性。

要是我們能找到子彈N，證明它與子彈B是不同型子彈，那就無需質疑第三把手槍的存在。不過從現實情況來看，我還是深信手槍X是桃園派遣隊所屬的武器。只是以目前鑑識程度來說，無法指出這把手槍X是隊上何人所有。假設能找到證人聽到兩聲槍響，我們應該就能證明有第三把槍存在。

我在奉班長的指示四處搜證槍聲這件事時，本來以為會很簡單，卻超乎預期的困難。當天聽到槍聲的人只有名倉、恆子、瑤琴、金天騏四人，或許那是因為槍聲回音很小，加上那晚喪禮的奏樂噪音緣故。但葦田家附近的民宅完全沒人聽見槍聲，這點也實在很可疑。因此我將重點擺在第二聲槍響，重新展開調查。

葦田家三邊都被公共建築的用地包圍，他們背後的篤志護士養成所、兩側的市公所分處和在鄉軍人會事務所，入夜後都沒人。在這種情況下，前方四、五棟與葦田家相隔一條小河的民宅，就成為我的調查對象。在那裡建立小村莊的是在街市外有田地的農民。除了公學校的學生外，我們幾乎無法和他們用日語溝通。

由於無法從戒心重的成人口中問出什麼，我將目標鎖定在孩子們身上。儘管那些孩子看起來不像在說謊，但很不巧的，他們可能在案發當時已經入睡，沒有人能清楚回答我的問題。在那邊打聽一樣是無功而返。

而在證詞中提到自己聽見槍聲的人，全都說他們只聽到一聲槍響。但他們的證詞並不能否定第二次槍聲的存在。我能想到他們只聽見一次槍聲的原因：名倉被打倒在地的瞬間聽到了槍聲，當時是九點〇三分。可是他同時失去意識，沒聽到九點〇六分的槍聲。瑤琴和金天騏在九點〇三分時，則是在離命案現場很遠的地方。受到喪禮的喧鬧聲以及地形阻擋音波

8 手槍A一共有五顆子彈，發射一顆子彈後，還剩四顆。曹長身上的子彈B，有可能來自手槍A擊發的那一顆，也可能來自相同型號子彈的手槍X，因而出現兩種可能：（1）如果曹長身上的子彈B來自X手槍，那表示A手槍擊發的是子彈N，手槍A和手槍X是同型號的子彈，才能混雜在一起（2）如果曹長身上的子彈B來自A手槍，也就是五發子彈都來自A手槍。這就是現場證據的呈現。就算有手槍X，不管子彈是否與手槍A一樣，都無關緊要。

傳送影響，這兩人沒聽見第一次槍聲，只聽到第二次。

事實上，當時如果是間隔了三分鐘，才發生第二聲槍響，那現場的人除了被害者苫曹長和可能是兇手的第三者外，應該只有一個人能證明真相，這個人當然就是葦田恆子了。但這位本島人姑娘的證詞卻非如此。到底是恆子完全忘了，還是說她為了達成某個目的而進行虛假的陳述？不過即便她做了偽證，只要我們沒有取得其他證據，那也無法顛覆她的說法。

目前我的搜查如上述所說，處於近乎絕望的停擺狀態。難道我追查的方向只是我個人的幻想？請您在看過我的報告後做出判斷吧。另外，我們後來有從名倉一等兵那裡，得到什麼關鍵線索嗎？我是否應該就此中止這項至今仍是一團謎霧的搜查？希望您盡快下達指令……。

＊＊＊

——大手上尉對勝永武長的聯絡信下達的指示

勝永伍長，我希望你能繼續執行搜查班的任務。

根據你對兩聲槍響所做的假設，將葦田恆子列為最重要的證人是正確的決定。你就嚴厲地要求她提供證詞吧。

雖然說到葦田家附近民宅打聽消息失敗了，但要是你試著向恆子套話時，提到前述民宅某戶人家的孩子有聽到兩聲槍響，這也是個方法。如果恆子有隱瞞什麼事實，這個方法或許能讓你得到意外的結果。祝你順利。

＊＊＊

此前我並不知道大手上尉與勝永伍長展開這段聯繫。因此當勝永在上尉指示下對恆子小姐展開追問，讓案情急轉直下出現重大發現時，我大為慌亂。

那天在勝永邀約下，我什麼也沒想就和他一起前往葦田家，一點都沒懷疑勝永的意圖。當時有義園的玉蘭花已經過了花期，依然寧靜的庭院裡，以灰泥畫在石板地上的屍體形狀已消失大半。

苫曹長的死，乍看之下似乎拉近我與恆子小姐的距離。但先前情勢的發展，讓我一直無法揮除對恆子小姐的尷尬，因此後來我不曾獨自來找過葦田小姐。這座庭院成為殺人命案現場，對葦田小姐一定造成很大困擾。我暗暗下定決心，無論如何也要保護恆子小姐不受這次命案影響。

「在小河對面的民宅展開調查時，有戶人家的孩子提供證詞，說十三日晚上確實聽到兩聲槍響。可是當時在現場的恆子小姐卻說只聽到一次槍聲，這不是很奇怪嗎？」勝永伍長以他高人一等的身高，像在居高臨下俯視一般，靜靜瞪視著恆子小姐，以強硬的語氣說出這段話。

我猛然一驚，感覺被勝永擺了一道。但相較於我，恆子小姐的表現更令我暗呼不妙，我在心中急得跳腳。恆子小姐在勝永伍長逼問下馬上臉色大變，她壓抑不住激動的情緒，終於爆發開來，纖細的身軀不斷顫抖，接著趴下來放聲大哭。勝永這致命的一擊讓恆子小姐很脆弱地崩潰了。

「對不起。是我，是我殺了曹長！」

恆子小姐的話對勝永伍長來說是沒預料到的結果。他大為錯愕，靜靜注視著嗚咽不停的恆子小姐。

恆子小姐脫口說出可怕的自白後，原先可能存在的良心譴責也隨之消失。她神色平靜地抬起頭。

「我原本就打算要找個時間說的。我知道讓名倉先生揹黑鍋是不對的。但我心裡很害怕，遲遲無法下定決心……」

「可是……」勝永仍難以置信地低語道：「請說出整個經過吧。」

「曹長和名倉先生走向庭院後，我跑到護龍的房間，接著就聽到槍聲。這部分和我之前說的一樣。可是之後我沒有折返客廳。我先在原地呆立了一下後，下定決心摸黑打開門扣，從房間走向黑暗的庭院。我站在原地，仔細聆聽了一會兒……

槍響消失後，庭院一片靜悄悄的。大門那邊的樹叢深處，有兩三隻螢火蟲的光亮忽明忽滅地飄動著。這種亮光當然無法傳遞到客廳前面那片黑暗。但我對庭院的形貌很清楚。於是我鼓起勇氣，朝客廳入口處前進。這時我的腳碰到一個東西。當我意識到那是手槍後，我沒多想，直接就蹲下來撿起它。」

恆子小姐的父親是鐵供應商，但她的祖父是農夫，葦田家在街市外也有農田。我知道這位出身地方城鎮資產階級的女孩，一旦有狀況發生時會打赤腳。

「我起身後，發覺眼前站了一個人。我馬上就意識到這個人是曹長。曹長還是殺了名倉先生。一想到這件事，我突然湧上怒火。『曹長，你竟然殺了名倉先生！』我顫抖地說。『恆子小姐！』曹長顫抖的聲音在我耳邊響起。接著他突然想抱住我。」恆子小姐布滿淚水的臉蛋一陣羞紅。

「我單手將曹長推開。不，是我踉踉蹌蹌往後退。當我站穩腳步時，腦中什麼也沒想，就緊緊扣下右手的手槍扳機……當我發現自己做出什麼後，我突然害怕起來逃回客廳，一心向觀音媽祈禱……。」

我們三人圍繞在寧靜客廳裡的紫檀桌旁。勝永和我不自主面面相覷，但我馬上把臉別開，不安地望著收在中案桌玻璃盒內，作為裝飾的一尊小小觀音像優雅的面容。

這位美麗的神明似乎不想對與祂同一個民族、信奉著祂的少女施以嚴厲制裁，反而像要將少女藏進她的金線衣袖內般。實際上在命案發生當晚，觀音對那名倒臥在散發玉蘭花香夜色中，逐漸變得冰冷的異鄉軍人屍體，想必是不屑一顧的。那尊神明頭上的寶冠，因為中案桌上油燈微弱的燈光而閃閃發亮，祂以慈愛的眼神守護這位顫抖不已在祈禱的少女。我也懷著一顆不知所措的心，想向慈愛的神求救。

這時，勝永伍長打破沉默。

「妳知道苫曹長前一天忘記帶走的手槍裡沒裝子彈嗎？」

「不知道。我連同皮槍套一起保管，沒有讓任何人碰。」

「這麼說來，在妳來到庭院前，應該不知道他們兩人當中是誰被殺了才對。在黑暗中，妳為什麼知道站在面前的男人是苫曹長？那個人也有可能是名倉吧。」

「不，名倉先生和曹長的體型完全不同，只要走近，就算在黑暗中也一樣可以分辨。更重要的是，我之所以會馬上知道對方是曹長，是因為我走近他時聞到很濃的大蒜味。曹長好像每天都會吃大蒜，憑著呼吸的氣味，就算在黑暗中也能分辨。」

「沒有。」

「在妳知道的士兵當中，沒有人常常吃大蒜嗎？」

「嗯？」勝永的視線投向我，見我點頭表示同意後，又轉回去望向恆子小姐。

「回答妳的聲音確實是苫曹長的聲音嗎？」

「曹長的聲音我幾乎每天都聽到，所以不可能會認錯。」

「妳之前用過手槍嗎？」

「不，從來沒有。」

「我想也是。」勝永思考片刻後接著說：「當時妳開完槍後，是把指紋擦掉後才把槍丟棄嗎？」

「不，我突然害怕起來，就直接把槍扔向一旁了。」

勝永伍長微微偏著頭，似乎覺得事有蹊蹺。但他還是沒忘記把葦田恆子的家人叫過來，辦理拘捕恆子小姐的手續。平時我都受到這一家人的照顧，此刻實在不忍心看到他們驚恐的模樣。

曾根中尉聽到勝永伍長的報告時也瞠目結舌。

「那個姑娘……你打算怎麼處理？」

「總之，她自己都這樣招供了，而且她的陳述也沒有疑點，我決定先帶她回總部。」

不過勝永伍長對於自己設下陷阱、意外引出獵物的事明顯陷入兩難。同時，他是否也要放棄第三把槍存在的假設呢？

Ⅳ－實彈計算的討論

然而比起勝永，陷入更深兩難局面的人是我。我一直絞盡腦汁想找出解救恆子小姐脫離困境的方法。為了證實她不是兇手，勢必得找出真正的兇手才行。話雖如此，我卻沒有半點線索。眼下唯一的線索，就是勝永指出兩聲槍響的問題了。

但現在這個問題就像一把雙面刃，隱含了危險。我知道有關民宅孩子的證言，其實是勝永在故弄玄虛，可是恆子小姐在招認犯行時提出證詞，讓那兩聲槍響第一次得到應證。恆子小姐的自白也讓名倉的證詞和瑤琴與金天騏證詞的時間差，在理論上得以成立。

如果恆子小姐否認那段自白，只要名倉沒有關於時間的記憶，雙方在時間上的連結就不成立了——不，恆子小姐沒必要完全否認自白，她的證詞一直到她說自己緊握手槍扳機前都很好。當時那把槍真的有開火並發出轟然巨響嗎？恆子小姐應該沒有清楚記得吧？她可能陷入異常激動的狀態，在記憶中產生聽到巨大聲響的印象，並把印象錯認成現實。

如果我是辯護律師，就能針對這一點鬆動恆子小姐的自信。恆子小姐不像是會翻供的人，但只要針對她記憶中的盲點讓她失去自信，那就夠了。當時在一片漆黑的庭院地上有兩把手槍，其中一把還沒有子彈。但由於兩把槍都沒留下指紋，沒辦法證明到底恆子小姐撿起來的槍是哪一把。

恆子小姐以前沒有用過手槍，不可能判斷手槍裡是否有子彈。她只是心想：只要扣下扳機，子彈就會飛出去。當時她其實是產生錯覺，以為沒有子彈的槍爆出火花。實際上她只聽見一次槍聲，那就是恆子小姐在護龍房間裡聽到的槍聲，也是名倉、瑤琴、金天騏聽到的槍聲。名倉的錶則是在其他情況下損毀而停止不動的。

可是這麼一來，我們就非得回到大手上尉提出的結論，還無法化解名倉一等兵的嫌疑。倘若是在平時審判中，無論是名倉還是恆子小姐都可以在法庭上翻供。之後律師便能從對被告有利的角度，將這件事含糊帶過。但現在需要更強的證據。有了恆子小姐的自白，名倉應該能歸隊。但要釋放恆子小姐，光憑她自己翻供是行不通的。[1]我想要馬上和她見面，而向總部辦理會面申請手續，但一直都沒得到答覆。上級似乎暫時不打算許可。再這樣拖下去，會再也無法推翻恆子小姐的自白。

一想到被囚禁在新竹的恆子小姐，我就感到焦慮不安，彷彿腸子被人扯出來一樣。看來要洗刷恆子小姐的嫌疑，除了證明勝永伍長提出第三把槍的存在，沒有其他方法。要達成這件事的條件是要讓假設成功，並提出符合的物證。只要能證明凶器來自案發現場之外，而

1 這裡意指名倉翻供後，恆子小姐的證詞可證明時間差存在，如是則能證實他無罪；但恆子小姐翻供，應該還要有人能證明她的說詞，才能讓她脫罪。

且已經被帶走了，就能證明現場的人是無辜的。

之前勝永沒辦法從部隊的武器中找出凶器，他才想方設法證明有第二次槍聲，並引出意外的結果。勝永是採用了危險的方法。而我明白自己無法找到人證明槍聲，現在似乎除了找到第三把槍，沒有別的辦法了。我從自己的立場打算全力投入，尋找第三把神祕的槍。即便無法證明有槍聲，不見得沒有其他證明方法。為了暗中追查此事，隔天一早我找了理由與鶯春的憲兵隊聯絡，便坐上火車。

從桃園只要坐兩站就能抵達鶯春，在這短短時間內，恆子小姐的面容一直在我腦中揮之不去。我被一股莫名的絕望感深深攫獲，不時感到頭暈目眩。車窗外是綿延的淡水溪，亮光將酷熱折射回來。我的視線在河面上游移，深陷在回憶中。

第一次遇見恆子小姐時，我心裡想，自從來到桃園後，我便很喜歡這座城鎮。而城鎮最令我鍾情的事物，就是這位少女。

恆子小姐擔任街上的衛生委員，由於她的工作與公立學校的醫務有關，打從派遣隊進駐學校開始，我就在部隊附近見過她。可能因為她很喜歡士兵，就像小孩對士兵抱持憧憬一樣，因此經常出入於部隊，在很多地方都會帶給我們方便。恆子小姐的父親是在城鎮郊外經營一家農具工廠的有產階級本島人，之前在臺北，我就很希望能親近本島人的家庭生活，藉以增廣見聞。現在來到這座城鎮後便馬上能如願，這都是她的功勞。恆子小姐一家人總是熱情地為我們這些士兵敞開大門。

恆子小姐這種看起來略微奇特又爽朗的個性，在士兵間當然廣受好評。但男人向來都很現實，如果恆子小姐不是一位美麗的女人，她肯定不會這麼受歡迎。

恆子小姐的長相說起來算很有個人特色。她在這個出產美女聞名的地方，以及在那些看起來像洋娃娃的美女中，反而顯得與眾不同。一般來說，本島女人的第二性徵都不太明顯，這一直都讓士兵們引以為憾。但恆子小姐才從女校畢業沒幾年，卻已像一朵含苞待放的花苞。她那嬌小的身體，微微泛青、感覺很冰涼的臉蛋，展現十足的成熟韻味，讓人感覺到洋溢著少女神聖情感的神祕魅力。

尤其她那不像本島人、帶有一種現代感的獨特容貌，更是別有一番風貌。她不具有本島人氣味的面容，也許可說是各種複雜要素集合的成果：過於濃密的頭髮、寬闊的額頭、疏淡的柳眉、窄細高挺的鼻梁、緊實的雙頰、略彎的下巴，還有薄而寬的嘴。她不算大的鳳眼，則滿溢著嬌羞。

我知道有其他同樣給人這種感受的女人。那是安傑利科修士（Fra Angelico）[2]和菲利普・

2 安傑利修士（Fra Angelico），本名為圭多・迪・彼得（Guido di Pietro），義大利早期文藝復興畫家，藝術利皮（Fra' Filippo Lippi）[3]畫的聖女或天使，或佛羅倫斯畫派畫家們描繪的聖母和抹大拉的馬利亞[4]，還有莎樂美。對我而言她們沒有國籍之分，都是來自仙境的仙女。

我少年時代第一次懷有這種淡淡憧憬的對象，是一位少女。那位少女夭折後，我只能在複製的西洋畫裡看到她。而我從恆子小姐身上，看到了自己悄悄收藏在畫框玻璃後方的面容。或許是我想把這塊土地上看到的一切都美化的想法，以及對備受壓抑的脆弱生命產生的無限愛意，將恆子小姐美化了。

我對恆子小姐懷抱這份關心，自然也在意起同袍們對她抱持什麼情感，而加以觀察。最早邀我去葦田家的人是苫曹長，曹長也對恆子小姐很感興趣，我一看就知道。苫的外型雖然長得頗有男子氣概，但奇怪的是他不太有女人緣。所幸他自己一直沒察覺這點，不過恆子小姐說，她最討厭苫曹長一直露骨地糾纏著她。

恆子小姐對於軍官與士官，也就是她口中有官階的人一點都不同情。她同情的對象往往都是士兵。她還特別提過，明明是男人卻老是在煮飯的伙房兵名倉和根本，特別讓她喜愛。

名倉和根本都是年近四十才被軍隊徵召、模樣窮酸的補充兵，過去不曾有過被像恆子小姐這樣的年輕姑娘溫柔對待的經驗。他們自從被分發到桃園派遣隊後便開始走運，連他們自己也這樣說。尤其是駝背、滿臉油光個子又矮小的名倉。名倉在恆子小姐的禮遇下，簡直像飛上雲端。至於根本則總是拿名倉的熱情當笑話。

像葦田家這樣的家庭，有恆子小姐這種正值適婚年紀的漂亮千金，為什麼一直都沒讓恆子小姐嫁人呢？這一直是士兵們閒聊的話題。恆子的姊姊已嫁給附近人家，並懷有身孕。苫曹長曾毫不顧忌地打探這個問題。「恆子小姐，妳為什麼沒嫁人呢？」恆子小姐不知道什麼時候受到內地人影響，講日語不時會出現關西腔，曹長則模仿她的口吻這樣問。當時恆子小姐嬌嗔到：「人家不知道啦，曹長真的很討厭呢。」不過我也很在意這個問題。

葦田家常會幫士兵們的忙。在家裡拜拜的日子，也會款待隊長和軍醫。我也常常會去，盡可能製造和恆子小姐交談的機會。我們主要是聊文學，只會聊正經的話題。但這種不痛不癢的話題實在無法令人滿足，我還是忍不住說出這樣的話：

「恆子小姐，妳想不想和我去內地看看？」

當時我感到難為情，而以開玩笑的口吻詢問。但我也曾認真幻想過，和這種平和的異國家庭建立姻親關係也不錯。而恆子小姐也笑了，那時她那晶亮的雙眸因為嘴角上揚顯得無

史學家瓦薩里（Giorgio Vasari）稱讚安傑利修士為「稀世罕見的天才」。

3 菲利普·利皮（Fra’ Filippo Lippi），義大利文藝復興時期的畫家。

4 耶穌的女性追隨者。

比耀眼，讓我深深被吸引……。

當我還沉浸在回憶中時，火車已經抵達鶯春站。

有一個中隊的派遣隊駐守在鶯春街。我造訪車站附近以木造房構成的軍營，拜訪一位認識多年的總務士官。他一見到我，似乎被激起好奇心。

「你們隊上發生大事了呢。那位精力充沛的苫曹長竟然……。」

我沒被他的話牽著走。我不想讓他們知道我來這裡的真正目的，刻意準備其他的聯絡事項。我與他閒聊幾句後，若無其事地問：

「對了，大概是兩個月前，我們隊長在這邊的射擊場進行射擊練習對吧。」

「對，是在射擊場剛開放時。在那之前，這一帶的部隊如果想進行射擊訓練，就得前往臺北或新竹。」總務士官以悠哉的口吻回答。

「後來在部隊管理下，提出在鶯春建一座射擊場的提案，但總部顯得興致缺缺，所以從去年開始，我們私下到臺北的設施部協調，就這樣突然開始打造起射擊場來。其實這裡的射擊場是利用火車行經的土堤建成，相當的簡陋，但方便許多。射擊場在剛開放時，原先只打算讓軍官進行射擊，你們的隊長也被邀請一同前來。」

「可以了解當時的情況嗎？」

「你指的是哪方面?那不算是公開演習，所以沒有記錄。」

「那知道我們隊上軍官的成績嗎?」

我刻意笑著問。

「如果詢問當天的查靶員，他們或許還記得。不知道你們隊長是打幾號靶呢?」士官念念有詞地走出事務室，旋即帶來一名年輕的輔助憲兵。

「當天就是這名士兵擔任曾根中尉的查靶員。你問他吧。」

我望著那名臉頰通紅像快要爆開來的輔助憲兵。

「你還記得來自桃園的軍官嗎?」

「記得。是曾根中尉和津路少尉。我負責他們兩人使用的六號靶和七號靶。」

「他們兩人各射了幾發子彈?」

「各三十發。」

「你記得他們的成績嗎?」

「記得，因為射擊練習沒有正式公開，射擊的分數都是當場記在信函紙上，事後再給他們看……在成績方面，曾根中尉相當優秀。」

「他射出的子彈全部都命中了嗎?」

這是我提問的焦點，我緊盯著對方的臉，但那名輔助憲兵卻很不中用地把頭偏向一旁。

「應該是吧……總之，我記得曾根中尉的子彈好像全都擊中了靶。至於津路少尉，我記得好像是十發以內。不過，我無法回答您正確的命中數。」

為了謹慎起見，我請他查看信函紙，不過那已是兩個月前的事，信函紙已經換新。我心想這裡已經問不出什麼了，久待也沒用。於是我向鶯春的同袍道謝，就此告別。

我為什麼要如此大費周章？當然是為了證明第三把手槍X的存在。如果勝永伍長說的手槍X真的存在，那應該就是隊上所屬的武器。但光靠槍枝鑑識無法證實這點，原先要證明第二聲槍響的目標也失敗了。唯一的方式，只能從派遣隊配發的實彈消耗數量這點來指出嫌犯。然而，我知道除了參加鶯春射擊演習的兩名軍官外，派遣隊上並沒有其他人會消耗實彈。因此無論如何我都得抓緊這唯一可能的情況。

最後我得到一個答案：津路軍醫的命中子彈數在十發以內，剩下的二十多發子彈是否全部射完，留下很值得懷疑的空間。即使少尉是刻意不將子彈射完，我們也不知道他為什麼這麼做。之前在調查時，我們就已經知道軍醫目前擁有的實彈與一開始按人發配的數量一致。換句話說，軍醫目前手中仍有三十發沒使用過的實彈。

不過如果軍醫是出於某個原因，在演習時沒射完子彈，那他在射擊練習後，會向軍械士提出全數發還的申請，由此得到配發的子彈。因此在案件發生時，光是津路軍醫在鶯春沒射完的子彈，應該就讓他擁有比實際按人配發更多的子彈數。而以曾根中尉的情況來看，則可能只留下一、兩發沒射出的子彈。

想到此處，我認為來到鶯春未必是白走一趟。話雖如此，現在我還是無法將軍醫跟隊長兩人和苫曹長的命案牽扯在一起，去懷疑他們。

我回到桃園後，距離中午還有一大段時間。因為不想直接回到部隊，我在馬路上閒逛，朝寺廟走去，抵達常光顧的理髮店。

我映照在金框大鏡中的臉看起來憔悴無比。這時的我白天被無法消化的焦慮折磨，晚上則時常做噩夢。恆子小姐被押送新竹後，我便不再夢見名倉，但是那白色玉蘭花的幻影，卻像噩夢呈現的圖案般，彷彿要求我親手將它切開。那幻影化為內心不祥的疙瘩，緊緊糾纏著我。我映照在鏡中的面容看起來太過駭人，讓我急忙閉上雙眼。

需要以雙手操作的長柄手推剪，在我頭上發出卡嚓卡嚓的誇張聲響，將我腦後的頭髮剃除。我聽著那聲響，感覺疲勞朝我眼皮襲來。在理髮院老闆替我刮完鬍子前，我似乎一直都昏昏沉沉的。直到老闆將我連同椅背一起粗魯抬起時，我才感到清爽許多。我望向鏡子，這時發現映照在鏡中的後方蠟燭店門口，有個熟悉的人影走過。是津路軍醫。

我急忙掛上佩刀走出理髮店。軍醫的背影已橫越廣場、穿過廟門。軍醫和寺廟……這意想不到的組合讓我既感到不安又好奇，我被引領著走向軍醫身影隱沒的前門。

廟裡沒有人來上香，悄靜無聲。非但如此，連剛才走進來的津路少尉也不見蹤影。我急忙在裡頭繞了一圈，當我再度回到迴廊入口處時，軍醫突然站在那裡。

「我是來看藥的。」軍醫見我向他敬禮，笑咪咪對我說。

原來如此，這座廟的地下有一間藥房，裡頭擺滿各式各樣的中藥。廟內有尊被祭祀的神明，叫作「醫真人」。人們會擲筊向這尊神明請示，領回寫有處方的藥籤。然後帶著藥籤去藥房配藥。軍醫一進廟內，便立即走下門口附近的地下室，我才會以為自己跟丟了。津路軍醫一如往常以他那副無精打采的模樣望著我，似乎感到有趣，略微喘氣地說：

「這裡有許多有意思的藥材呢。我老早就想來這裡看看。像是由蝙蝠糞便製成的夜明砂，還有其實是由蛆做成的天漿子，聽說現在缺貨。比起從軍需工廠配給的老舊藥品，這裡的藥材似乎更有功效。」

軍醫臉上泛起諷刺的笑意。

在地下藥房招呼軍醫的，應該是那位販賣金紙、長得像漢人與番民混血的少女。那位體格結實、頂著妹妹頭的少女，日語說得比顧廟的張師公還好。張師公外出時，都是她負責顧廟，算是寺廟的替代管理人。

想到這名少女與不知道從哪裡得知這些古怪藥材名稱的軍醫，展開一場雞同鴨講的對話，在平時我一定會忍不住笑出來。但此刻我不知道軍醫造訪這座廟的用意何在，因此笑不出來。

「軍醫，你是第一次來這裡嗎？」我問。

「對。我聽到根本提到大蒜的事，就很想來這裡看看。他還說，苫曹長吃的大蒜，都不會用在部隊伙食中，所以他不時會來這裡進貨。苫也會建議我吃大蒜，我都搞不清楚到底誰是醫生了。」

軍醫在迴廊上走著，朝中央的巨大神像緩緩走去。

「這尊神明叫什麼？」

「叫開漳聖王。意思是漳州府的開山始祖。聽說祭祀的是唐代一位叫陳元光的英雄。」

「喔，這裡的神明全是和漢民族一起從大陸渡海而來嗎？」

「說起來，本島人的信仰對象是既蠻橫又好心的地靈，本島人畏懼祂們會帶來災難，而以等同天上星宿的地位來祭祀祂們。還有因為在人間的功績和不幸，在天上得到回報的神明。本島人的信仰可說是任意混雜而成的神明故事。在這座廟宇屋頂上的人偶和窗格的繪圖，都展現出這尊神明的故事。它們是那麼純樸、庸俗而惹人憐愛，簡直像庶民本身的宗教，可說是絕無僅有。」

「不過，也有資產階級的人信奉的神明吧？像這尊留著關羽鬍的大神，不就是所謂的氏族神嗎？因為日本的氏神，[5]也是受到中國大陸和朝鮮移民的信仰影響。」

「同姓的人聚在一起，建立故鄉神明的廟宇，這種情況好像很常見。」

「這尊神明本姓陳。前一陣子有孩子死於阿米巴痢疾的那戶人家，也姓陳對吧？這麼一提我才想到，小高，那天晚上你不是也腹瀉嗎？聽說夜班人員看到你在洗手間服藥，你吃了什麼藥？」

我不自主地注視軍醫。

「我時不時會突然腹瀉，知道那是自己的老毛病。那天晚上我吞的也是向衛生兵要來的仁丹。每次吞三十粒，一共吞兩次，說來也神奇，每次吞都有效。」

軍醫也靜靜注視我，一臉無趣地說：「是薄荷發揮了功效。」

我們沉默半晌，信步走在整排充滿玄奇神像的迴廊。這名走路姿勢和臉色都很糟糕、全身顯得虛弱無力的衛生軍官，配上廟裡充滿奇想的裝飾，兩者莫名協調。我內心感到詭異陰森，不時偷瞄軍醫。軍醫率先打破沈默。

「你看，這尊神像，不就是廟宇正中央的那尊神像嗎？」

這座廟裡還有另一尊開漳聖王的小神像。軍醫發現了祂。

「為什麼要祭祀兩尊同樣的神像？」

我第一次到這座廟參觀時，也抱持同樣的疑問。後來費了好大一番工夫，才從張師公那裡詢問得知。原來每一間廟都會打造主神的軟身，[6]也就是分身。這些軟身被稱作一王、二王、三王，除了主神鎮殿王之外，廟方還會應信眾請神要求，扛著神明出外幫人消災解厄。雖然是同樣的神像，但不知道為什麼，軟身之間也有靈驗的高低之分，有時是二王人氣旺，有時是三王受歡迎。因此有的神明忙碌，有的神明則很清閒，相當有意思。

津路軍醫面帶微笑聆聽我這樣說明，表情突然轉為諷刺。

「我們要是也有這種軟身的話，想必很方便。罪犯也沒必要為了提出不在場證明這麼辛苦了。」

雖然嘴巴上開這樣的玩笑，但軍醫似乎受不了酷熱。廟內沒有可供人坐下休息的設施。

---

5 這裡的「氏族神」，應指臺灣某些重要姓氏族群所祭祀的神。「氏神」則是日本專有名詞，是日本居住於同一聚落、地域的居民共同祭祀的神道神祇，共同信仰此神明的信徒，被稱為氏子。

6 軟身是一種裝設了關節、四肢可活動的雕像。

「恆子小姐的自白，你怎麼看？」軍醫以灰暗的眼神問到。

「你認為恆子小姐說謊？」

「那是殺人的自白，應該不是說謊。至少她相信人是她殺的。」

「可是，名倉也自白了啊。」

「我認為名倉會翻供。」

「如果兇手是恆子小姐，有可能還會有其他自白者出現。」

我低下頭。

「還存在其他憎恨苫的人。如果這裡是最前線，像苫那樣的男人，非得對周遭人提防不可。」

「不過，射進苫屍體裡的子彈只有一發。這麼一來，就算被害人有軟身，不管出現再多兇手都沒影響。就像一王被殺害後，過了三分鐘後換二王被殺害。」軍醫如此說，讓人分不清他是認真的還是在開玩笑。

「你讀過莫里斯．雷納德的小說《猴子》嗎？[7]那是篇虛構的故事，說到人們在各地陸續發現同樣的屍體，屍體連每一根血管都長得一模一樣。要是我們發現苫的軟身屍體，那貫穿他心臟的六年式子彈，或許也會卡在他脊椎後面呢。」

軍醫晃動上半身，詭異的笑聲卡在喉嚨。我聽到這裡，額頭變得像牆壁一樣沉重。也許這位軍醫掌握了什麼。感覺他那令人不快的玩笑中充滿對我的警告。我們從通往藥房的入口前走過，來到前庭時，軍醫像是突然想到什麼似的，說到：

「對這種民族的宗教感興趣固然不錯，軍人到這裡買道士做的藥也不是不行，但這會讓戰場醫學的權威掃地。地下那間藥店的女孩說，你向道士買跌打損傷的藥。話說回來，那種藥或許比我給的藥還管用也說不定……。」

他還是一樣用開玩笑的口吻，但我聽了卻心底一寒。酷熱而滾燙的前庭石板地沒理會我錯亂的腦袋，扶桑花依舊華麗地燦放。

---

7 莫里斯·雷納德（Maurice Renard，1875-1939），一名法國作家，作品以科幻題材為主。他與Albert-Jean共寫的小說《猴子》（*Le Singe*）描寫通過放射性複製方式，創造的人造生命。這本書被羅馬天主教猛烈批評，被視為瀆神之作。

V－死後通信

勝勇武長將恆子小姐帶往新竹市憲兵大隊總部，但他不想因為恆子小姐的自白，捨棄原先擬定的方針。他在寫下恆子小姐口供後，沮喪地來到大手上尉面前說：

「關於第二把手槍，我想再調查一陣子……。」

「恆子用過的那把手槍，你不滿意是嗎？」

大手上尉罕見露出不悅之色。

「你應該很清楚六年式陸軍手槍的規格才對吧？它的外型與我們持有的九式自動式手槍很相似，但光是緊握扳機，是無法連續發射的。它就像步槍的彈匣一樣，是採彈簧式，每發射一發，就得將發射裝置往後拉，推子彈上膛，否則之後無法接著發射。這種槍械的特徵，不就清楚證明恆子的自白了嗎？」

這位個性寬宏的長官，露出比平時更強悍的眼神，抬頭望向勝永那張童顏。

「我想，這件事你不可能看不出來。不過，苫並不知道他拿給名倉的是一把沒裝子彈的手槍，所以他很認真解開自己手槍的保險，做好開槍準備。然而，苫的手槍子彈只用掉一發，發射裝置還沒有往回拉。基於這兩點我敢說，開槍的人不是苫。像苫這種老練的憲兵，開槍後應該會反射性做好繼續射擊的準備。在手槍落地前，他應該已經準備好開下一槍。」

「您說讓手槍可以直接發射的人是曹長，而撿起它開槍的人是恆子小姐，這我也很清楚。

可是當時一片漆黑，我們無法清楚證明恆子小姐是否真的開槍射中曹長。況且恆子小姐兩度聽到槍聲，所以第一聲槍響時，曹長或許已經倒地……。」

「沒用的，勝永。」大手上尉語帶同情地說。

「能證明有兩聲槍響的，就只有恆子的供述。她或許會用你這個想法為自己脫罪。如果我們沒獲得確切佐證，就不能採用你的說法。」

「但那兩把槍的指紋都被擦除了，又該怎麼說？這不就證明有第三者存在嗎？」勝永漲紅了臉。

「為什麼不能判斷是恆子將自己用過的槍擦拭後丟棄？就算是名倉也一樣。如果名倉在小高軍曹趕赴現場前先醒來，不知道自己拿到的槍沒有子彈，也害怕惹上嫌疑，而先擦除指紋，這麼一來，名倉或恆子兩人都不會被驗出指紋。」

上尉注視著臉色發白的勝永，像要停止這一切地說。

「此外，就算擦掉這兩把槍的指紋另有其人好了，假使這人是兇手，那麼殺害死者的凶器肯定像你說的，是他持有的第三把槍。那他只要將第三把槍帶走就好。似乎沒必要連前面兩把槍也處理乾淨。」

「這麼說來，您要停止這項搜查嗎？」勝永頹喪地問。

「我想也該交給司令部處理了，雖然我很同情葦田恆子……。」

大手上尉說，嚴肅的神情轉為柔和。勝永卻感覺胸口像被別人淋上冰水一般。

勝永是第一位聽到恆子小姐自白的人，從那時起他便無法再懷疑恆子小姐。如果恆子小姐所言不假，勝永的假設也能夠成立。勝永一方面相信她的自白，一方面又覺得她不是兇手，這兩種想法對他來說並不矛盾，他始終沒放棄自己的假設。

從桃園護送恆子小姐去新竹途中，勝永和恆子在擁擠的火車內，面對面坐著約一個小時之久。每當勝永回想起恆子小姐那面如白蠟、惹人憐惜的臉龐時就心痛不已，但他已無能為力。他已經把能調查的部分都調查過，現在已沒有插手餘地。苫曹長的遺物全都被當作搜查的參考物品，送交總部保管。總部的人仔細調查這些物品後還是一無所獲。

勝永伍長漫無目地走在寬廣的大隊總部庭園，很想將自己那竹竿般的身體折成兩半丟棄。過去他從來不像現在這般覺得自己沒用，但就在他垂頭喪氣從軍服庫前通過時，某段記憶在他腦海中浮現。勝永猛然一驚，想起在命案發生前，桃園派遣隊全員的冬季衣褲全都被收回的事。

那一年的冬天無比冷洌。大隊特別接受冬季衣褲核發，將衣服配給士官兵們。但後來他們得知臺灣有個規定：冬季衣褲不能由政府配送。因此軍需工廠通知軍隊將衣物全數繳回，各地的派遣隊立即開始回收衣物。

苫曹長的衣服是在命案前被送往總部的物品，調查小隊沒將它放在心上。但說到苫曹長尚未被調查過的隨身物，就只剩它了。勝永正處於不做點什麼就會良心不安的狀態，因此充滿幹勁地衝進軍服庫。

「喂，冬季衣褲已經繳回了嗎？」

負責管理軍服的士兵聽到勝永大聲的問話嚇了一跳，快步跑來。

「咦？不，還沒。」

「去把苫曹長穿的衣服找出來！」

勝永的神情看起來很激動，讓管軍服的士兵不斷眨著眼睛。依照軍中習慣，配發的軍服馬上就會繡上名字，找衣服沒花太多時間。

管軍服的士兵找來一件厚實的呢絨外衣，但勝永從衣服中一無所獲。倒是在苫曹長的長褲口袋裡，放了一本似乎是忘記收好的隨身日記。這本小日記寫有苫的軍階和姓名，讓人確定是屬於他的沒錯。

勝永拿著日記走到窗邊，開始專注翻閱起來，他佇立在原地良久。

當勝永伍長帶著苫曹長的日記出現在大手上尉面前時，他的雙眼奏著凱歌。「請您看看這個。」勝永打開最後寫字的地方，展示給長官看。

——O看起來聰明，但畢竟還是太天真了。他以乎以為我不知道他和瑤琴的關係。可是，他可能會殺了我。

料想他今後應該不會再那樣胡來。不過今晚發生過那件事，考慮到我可能被他殺害，到時候為了讓人知道他是兇手，我先將他的名字藏在「紅與黑」之中。但我或許也會在正當防衛下殺了他。

這篇手札占去日記本四頁篇幅，第一頁是寫在五月九日那一面上。

「要是冬季衣褲被繳回軍需工廠，我們就會失去這個新的線索了。」勝永洋洋得意地說。

「看完這本日記，我推測曹長似乎遇上什麼事件，讓他預想自己可能死亡。」勝永興奮地說，但他馬上又改口：「至少他感覺到有危險。」

大手上尉從日記中抬起頭，似乎有點吃驚，凝望著勝永。

「那麼，你打算怎麼做？」

「交由班長您來判斷。」勝永壓抑自己的衝動，機靈地說。

上尉皺起眉頭。

「苦的日記似乎在暗示兇手的名字和行凶的理由。既然被害人的日記都出現了，我們自然不能坐視不管。」

「可以重新展開搜查吧？」勝永幹勁十足地問。

勝永伍長認為不能再有片刻猶豫。儘管大手上尉很用心替恆子小姐說情，說她是在偶然契機下犯案，這對她而言是命運不幸的捉弄，但勝永伍長很清楚這名殺害帝國軍人的本島少女會有怎樣的命運。勝永與大手上尉談話完，馬上前往事務室。他借來命令簿，從桃園派遣隊的編制表開始清查。

首先，他從編制表中得知，在這個約有六十人左右的派遣隊中，成員姓氏是O音開頭的人只有兩人。他們分別是第四分隊長織田伍長，與第一分隊的輔助憲兵奧平上等兵。其他在名字念法上容易被混淆的，有第六分隊的小島兵長以及指揮班的小高。不過在軍隊名冊的抄本上，都分別寫有こじま(KOZIMA)、こたか(KOTAKA)這樣正確的假名念法[1]。

織田是位膚色白淨的俊美青年，之前也曾和苫曹長起過衝突。去年七月，苫曹長擔任三個分隊編制成的檢察隊隊長，該隊伍駐守在西北岸的福厝附近時，苫曹長與織田便曾為了

1 日文漢字「小」，有お（O）和こ（KO）兩種讀音，容易混淆。像小高，有こたか和おだか兩種念法，小島有こじま和おじま兩種念法。

女人的問題引發糾紛。當時隸屬於那項行動的衛生兵也記得那件事。

勝永確立搜查方針後，隔天一早前往桃園前，先去會見在拘留所的恆子小姐。

「在派遣隊的士兵中，有誰和瑤琴小姐特別熟嗎？」

恆子小姐面對勝永的詢問，原先蒼白得嚇人的臉蛋，稍微露出一點血色。

「這我不清楚。」

「織田伍長和她熟嗎？」

「織田先生似乎很喜歡瑤琴，但大家都喜歡瑤琴。」

「他們兩人之間有特別的關係吧？」

「沒有的事。」恆子小姐明確否認。

「這件事很重要，所以請妳仔細回想。這可是能否洗刷妳嫌疑的重要關鍵。」

「可是，曹長真的是我殺的呀。」

勝永似乎有些焦躁，高瘦的身軀在椅子上搖晃。

「那天不是一片漆黑嗎？有可能是哪裡搞錯了。」

話雖如此，就像大手上尉說的，勝永自己都覺得不可能翻案。因為恆子小姐已經清楚地招供，說她將子彈射進庭院中央那名男子的胸膛……。

這整個經過，我都是後來才聽說的。當天，我在桃園街的廟裡遇見津路軍醫，在和他一起回部隊前，早一步從新竹搭車抵達的勝永，已結束對織田伍長和奧平上等兵的調查。他特別對織田展開綿密的訊問，但仍一無所獲。

勝永接著改為調查周遭的人，想從部隊士兵口中打探那段時間的消息，但最終還是徒勞無功。仔細想想，如果苫曹長提到的是大家都知道的關係，那他也沒必要如此神祕將它寫在日記中。他寫下的可能是只有自己、O和瑤琴三人才知道的祕密。

要知道O是誰，只有兩個方法。第一個是訊問瑤琴，第二個最可靠的方法，就是找出藏在「紅與黑」之中的名字。

苫為什麼不在日記中明確寫出那人的名字呢？這是個疑點。其中一個原因恐怕像日記中寫的，他無法清楚預料對方是否會殺他，而他不喜歡自己過度慌亂的模樣。但苫也可能另有目的。

同時，苫也沒寫清楚能知道那名男子身分的關鍵——「紅與黑」到底是什麼。勝永伍長向眾人出示那本作為參考用暫時保管的日記，詢問隊員的意見。但大家對這件可能成為搜查對象的物品，心中都沒有底。

「既然會刻意以它作為記號，這個叫『紅與黑』的東西應該很奇特吧？」隊長聽完也一臉困惑。就這樣，勝永整個上午的調查都毫無斬獲。

就在此時，我和津路軍醫一起回到軍營。

勝永伍長向我出示苫的那本日記時，我因為驚訝而暗自瞪大眼睛。苫的日記以幾頁篇幅進行神祕的描述，雖然他沒有每天都很認真寫日記，但我對他有心寫日記這件事感到滿意外的。令我更加驚訝的是他在命案發生兩、三天前，在繳回總部的冬季衣褲裡放了這個東西。

當時苫曹長還在人世。他應該是在輪值士兵前來收冬季衣褲時，沒檢查口袋就直接將衣物交了出去。這件事光是牽連到恆子小姐就已經很麻煩了，現在又冒出瑤琴，我實在難以承受。不過既然勝永提出要求，我就非得和他一起去拜訪瑤琴不可。

我們抵達葦田家時，瑤琴剛好在客廳。她一看到我從玉蘭樹下露臉，便馬上站起身，一副有話想說的神情。但接著她發現勝永高大的身軀，便馬上低下頭。她應該很擔心恆子小姐，一直都坐立難安。她看到我完全沒採取行動一定覺得很意外。

我別過臉不敢看瑤琴，但當勝永展開訊問後，不知道從什麼時候我又開始注視她。我的眼神一定顯得很嚴厲，有某個瞬間瑤琴突然抬頭望向我，她看起來很震驚，整個人僵住。瑤琴否認她與織田伍長的關係，也否認與隊上任何人有什麼關係。

我也很注意負責偵訊的人的態度。但勝永自從成功讓恆子小姐自白後，似乎將追究年輕女子視為畏途。最後他放棄訊問站起來，詢問瑤琴能否讓他看一下恆子小姐的房間。

在瑤琴帶領下，我們參觀了恆子小姐位於這棟房子某一側護龍的房間。本島人家庭除了在客廳接待客人以外，向來不會讓客人進入私人房間。當時我也是第一次看見恆子小姐的臥房。

那裡和其他房間沒什麼兩樣，那間塗白灰泥的小房間當年輕女孩的閨房實在很煞風景。恆子小姐的床鋪也很簡樸，臉盆架和桌櫃都相當老舊，只有鋪在椅凳上的椅墊刺繡會讓人聯想到拘押在新竹的恆子小姐。這只綢緞椅墊是她房中唯一鮮豔的顏色。

恆子擺在窗下的長桌堆放了許多日文書。勝永一看，表情馬上起了變化。

「擺在這裡的全是恆子小姐的書嗎？」

勝永見瑤琴點頭，視線轉移到我身上。

「喔，是個愛書人士呢。她有這麼多書，派遣隊的士兵當中，應該有人會向恆子小姐借書來看吧？」

「其實我就是。像紀德的《背德者》譯本，[2]我第一次看就是跟恆子小姐借的。」

2　安德烈．紀德（André Paul Guillaume Gide，1869-1951），法國作家，一九四七年獲得諾貝爾文學獎。紀

「紀德是吧？」勝永轉動眼珠。

「那苫曹長呢？他也愛看書嗎？苫曹長以前是做什麼工作？」

被問到這個意想不到的問題，我感覺就像在記憶裡伸長手臂，想撈取遠方的物品。

「嗯……苫從事的是有點古怪的生意。對了，他在一家進口酒精蒸餾器的公司擔任業務員。苫也是從幹部候補生中落選的士官，所以也是會看書的。」

「和我們一樣落選是吧。」勝永面露苦笑，不過他的手已經在那堆書山中翻找。

「找到了！」兩三分鐘後，勝永突然發出一聲怪叫，之前他一直很專注在挑書。他拿起一本書，眼中似乎燃燒著勝利的火焰。

「紅與黑……」我也忍不住出聲念出書背的文字。

「是司湯達爾的《紅與黑》。[3]這本翻譯本我之前也讀過。原來是《紅與黑》啊！我還以為是什麼呢，找到後才明白原來是這麼回事。」勝永不自主地吁了口氣，聲音中滿是歡喜。

「不過，苫曹長和這本書有什麼關係嗎？」我探頭問到。

「苫曹長寫日記的五月九日當天，應該就是借了這本書吧？只要向恆子小姐詢問，應該就會知道。不，」勝永突然轉頭望向瑤琴。

「搞不好妳也知道吧？瑤琴小姐，當時妳也在這裡吧？」

「我記得。」瑤琴很肯定地說。不知到為什麼，她的眼神像著火一樣。但勝永因為發現目標而陶醉其中，似乎沒發現她表情有異。

「曹長死亡兩、三天前，他前來歸還這本書。那時我和恆子姊一起在客廳，我在她吩咐下接過這本書，將它收在這裡。」

「這樣啊！」勝永雀躍不已。

「聽妳這麼說，那就不會有錯了。妳收到這裡後，有人動過這本書嗎？恆子小姐有嗎？」

「恆子姊借給別人的東西，之後都不會有人再碰。」

勝永心滿意足地點頭，翻開頁面，拿起書背左右甩動。我屏息注視著他手中的動作。

「沒有！」

勝永瞪大眼睛望向我。

「我以為這裡頭會夾著寫了兇手名字的紙片……因為日記當中有一、兩張被撕走。可是

德早期的文學具有象徵主義風格，到兩次大戰的戰間期，逐漸發展出反帝國主義思想。《背德者》為紀德在一九〇二年出版的自傳性小說，描述一名違背傳統習俗、依循自身癖好的男子的故事。

3 司湯達爾（Marie-Henri Beyle，1783-1842），法國作家，為最早現實主義實踐者之一，善於以精準凝練的筆法，分析人物心理。《紅與黑》為司湯達爾著名的政治小說代表作。

沒有！這表示曹長用的是更複雜的方法嗎？」

「更複雜的方法？」

「也沒什麼，可能是用很單純的暗號通訊吧。例如挑出印刷封面的日文假名，標上記號，或是以頁碼來挑字。如果只是要拼湊出人名，那用簡單的暗示方法就能辦到……總之，這本書我先借走了。」

勝永望向瑤琴，以不容分說的口吻說到，接著朝我使了眼色，催促我離開。我跟在他後面，從客廳走向庭院，群樹包圍的庭院顯得相當蒼白。瑤琴送我們到門口時悄悄握住我的手。她的手就像冰塊一樣冰冷。

「紅與黑是什麼意思？是指左翼和右翼嗎？」酒井伍長詢問我。

聚集在隊長室裡的士官中，幾乎沒人知道這本有名的法國小說。但比起小說的內容，他們更關注醫務室的情形。為了調查這本暗藏問題的書，將近一個小時前勝永就已經關在裡面，但沒過多久，他開門走出來，臉上清楚刻劃出失望和焦慮的表情。

「如何？」我心裡鬆了口氣，向他問到。

「沒轍。」勝永的聲音因為疲憊而變得沙啞。

「很多地方都有用紅鉛筆做記號，但那似乎是恆子小姐閱讀時標上的。」

「除此之外，就沒有暗示兇手名字的線索了嗎？」曾根隊長問。

「沒有。」

「這麼說來，『紅與黑』指的不是這本書嘍？」

「我不知道。苫曹長寫那本日記時，從恆子小姐那裡借走這本書。然後他撕下日記中的一頁，寫下兇手的名字，夾進這本書，還給恆子小姐。恆子小姐沒檢查書本就直接將它收起來，所以他心想，在他死後人們檢查他日記本前，這個祕密都能被守護住。這是我做出來的推測，也認為這是最合理的想法，因而感到放心。到現在我都沒有放棄這個想法。接下來我打算回總部，請大手上尉對這本書進行鑑定。」

勝永一副甘拜下風的模樣。但這時他突然像想到什麼似的，環視眾人。

「對了，曹長的日記裡提到『因為發生今晚那件事』。那件事似乎是他寫日記的直接原因，有人知道是哪件事嗎？有沒有人想到什麼？」

我們面面相覷，根本沒人知道。如果知道的話，應該會是非比尋常、讓人無法輕易忘記的事件。

「他說的今晚是哪一天？」隊長打破沉默問到。

「日記上是寫在五月九日那一欄。」

「說到五月九日，那不就是下令展開緝查行動的日子嗎？」隊長拿來命令簿查看。

「沒錯，這裡提到了。最近軍隊接獲情報，提到這裡有農民不遵守規矩向軍方繳交白米，並以卡車或水牛車，將白米運往州外私自販售。我們接獲總部指令展開緝查，當天晚上在街道各個重要的位置配置監視班，一無所獲。」

勝永伍長借來命令簿，快速看過一遍。

「曹長的名字不在這次的行動命令中，對嗎？」

「曹長沒有被列入監視班的編制中，不過我記得他自己跟著小高軍曹他們那一班一起行動，對吧？」

「小高軍曹那天晚上去了哪裡？」

「去了靈頂的山頂，在那裡待命。」我回答。

「靈頂是臺北的街道吧？」

「是從這裡到臺北的馬路中，地勢最高的地方。」酒井伍長插話。「從龜仙莊翻越靈頂後，在山中走一段路，就能往下來到臺北盆地。」

然而勝永卻很直接地注視著我的眼睛。

「在那裡是否發生什麼狀況？」

「沒有啊……曹長始終都和我一起行動。那天晚上，山上只停了一輛民間卡車。不過那輛車沒有任何可疑之處。」

勝永看起來仍一臉狐疑。

「靈頂是怎麼樣的地方？」

「如果沒有卡車通過那裡，那裡現在仍和清朝時沒兩樣，是一座再平凡不過的山頂。」酒井又插話。

「那裡有兩、三間店，秋天賣硬邦邦的龜仙柿，冬天賣桶柑，是一個很冷清的地方。那裡還有一座小媽祖廟。看起來是很有名的一座廟，雖然地點冷清，但廟會的日子好像都會有信眾從遠地前來參拜。」

酒井對地方誌很熟悉，但勝永的神情看起來早已沒在聽。可憐的勝永沒有休息，當天就帶著織田伍長一同返回新竹市。

勝永伍長離開後，我又陷入沮喪的情緒中。

吃完根本他們做的晚餐時，太陽已經要隱沒入山頭。太陽下山之際，那無比清澈、引人鄉愁的副熱帶天空特有的顏色持續了半晌。這是我一天當中頭腦最清楚的時刻。

勝永拿到的是垃圾。將司湯達爾與苫曹長聯想在一起，實在太不合理了。「紅與黑」的祕密一定在別的地方，我坐在面朝植有檳榔樹的操場講臺，陷入茫然的沉思。苫在日記中提到的「今晚那件事」讓我十分掛懷。

五月九日那天入夜後，我們一行人出發前往靈頂。回到部隊是十點左右。如果接下來苫是在昏暗的燈光下寫那本日記，那麼他說的「今晚那件事」唯一讓我想到的，就是在那場行動中發生的事。「紅與黑」的祕密，一定也藏在那個場所中。勝永會注意到嗎？能找出那祕密場所的人，除了我之外沒有別人了。

天空不知不覺間已經完全黑了，頭頂檳榔樹的樹葉縫隙間有星光閃爍，夜裡的不安緊緊揪著我的心。白天的憂鬱很慵懶，但夜晚的憂鬱則催促人展開躁進的行動。好想和瑤琴見面。她什麼都沒跟勝永說。可憐的瑤琴！但現在恆子小姐被監禁，我不能和瑤琴見面。我雙手抱頭，蹲坐在黑暗中。

這時，我眼前出現那朵白色的玉蘭花……此刻它是恆子小姐的臉。那是菲利普・利皮筆下的天使容顏。地獄之火延燒到天使的翅膀，燃起熊熊烈火。而她發出無聲的臨終哀嚎，即將墜入無限的幽暗蒼藍中。啊，恆子，我一定會救妳！

「小高、小高……」一個輕細的聲音在叫喚我。我猛然一驚抬起頭，有個黑影站在我面前，是曾根中尉。

「你睡在這種地方，會染上瘧疾的。」這位年輕的隊長很溫柔。我站起身，悄悄拭去額頭的冷汗。

隊長室裡點著昏黃的燈泡，牆壁覆滿陰暗的汙漬。在角落有一名剛病癒離開病房、輪值當傳令兵的輔助兵站在那裡發愣，看起來若有所思。隊長命令他切勝永帶來當伴手禮的鳳梨。

「如果無法得到進一步的線索，搜查也只能就此打住了。」隊長說。

我很久沒吃鳳梨，佯裝吃得很投入。但那顆鳳梨看起來還未熟透，吃起來很咬舌。

「首先，苫在日記裡暗示的兇手身分，真的有決定性的影響嗎？話說回來，他說的O，會是織田伍長嗎？像你，苫不都是叫你ODAKA嗎？」[4]

我感覺隊長的視線投向我的臉。苫叫我ODAKA，是之前我們在戰場上共事時就養成的習慣。雖然隊長發現這件事，卻沒跟勝永伍長說。一想到這點，我便感到有股灼熱之物，從熄燈後一片闃靜的軍營底部直湧上我胸口。酸澀的鳳梨汁就這樣難看地流下我手背，可是我什麼也沒說。

---

4 本書中小高這個姓氏念作こだか（KODAKA），但也有おだか（ODAKA）的念法。

回總務室後，我發現他們已經替我在床上鋪好毯子。伙房班長笘見和輪值傳令兵在一旁睡得香甜。我鑽進蚊帳內，抽了一會兒菸，凝望他們天真的睡臉。這時，隊長若無其事說的那番話浮現在我心中，讓人感受到駭人的寒意。隊長肯定對我前往靈頂的時間感到懷疑，當時我一直都和苫同行，所以不光是隊長，其他士官們只要是聽過苫的日記內容的人，肯定都會懷疑我。

我轉調到新竹的大隊只有兩、三天，總部沒人知道我這姓氏的奇怪念法。不過在派遣隊裡，除了隊長外肯定也有人發現這點。勝永也調查過軍隊名冊的抄本，他應早就知道我和苫曾在馬來亞戰役中待過同一個部隊。他會對我投注犀利猜疑的目光，只是時間早晚的問題。

我點著燈沒關，橫躺下來。恐懼與責任感在滲雨而鬆垮的纖維天花板上，形成一道漩渦。但過沒多久，白花的幻影慢慢下降到我眼皮，這或許表示我在不知不覺間入睡了。然而這次在我夢中登場的人物不是恆子小姐，而是我以前從沒夢見過的津路軍醫。

這場夢，是從那天上午我在靈惠廟看到的光景展開。我與軍醫走在前庭的扶桑花旁。軍醫一如往常，腰間鬆垮垮地掛著軍刀，但他突然往下走進地下藥房。那裡總是擺滿無數個草根樹皮。

「你為什麼要來這裡買跌打損傷藥？」軍醫突然轉頭問我。

「根本說，你洗澡時胸前紅腫。為什麼不讓我這名軍醫看？」

津路一樣以他冷淡的口吻說話，從他的聲音中，絲毫感覺不到他平時潛藏的溫情。

突然我定睛一看，軍醫已不是穿著軍服，而是披上一身老舊的長袍。他頭戴道冠，模樣就像中國圖畫裡的地府判官，以高大的身軀擋在我面前。很滑稽的是，雖是軍醫變成這副模樣，但聽診器依然掛在耳朵上，這是他唯一看起來像醫官的部分。可是這與其說是滑稽，倒不如說有點駭人。

「你為什麼吞仁丹？」

「開漳聖王像為什麼有兩尊？」

在昏暗的地下室裡，軍醫的臉像磷一樣發光。他已不是那位親切的醫官，而是冷酷的審問者。我急著想擺脫軍醫的逼問，很害怕軍醫的目光而別過臉去，這才發現周圍堆積如山的物件並非藥草，而是無數個眼睛乾枯、不知道是什麼小動物的木乃伊！

有人伸手搭在我肩上搖晃我，我才發覺自己困在噩夢中。但睜開眼睛後，盜汗沿著喉嚨滑落的感覺更陰森可怕。我被夜班人員叫醒。

「軍曹，你是不是染上瘧疾？」那名夜班人員一臉擔心地望著我。隊長的輪值傳令兵也被吵醒，一臉詫異地睜著惺忪睡眼，但向來晚起的筈見兵長仍舊呼呼大睡。

「不，我沒事。只是有點累。」我要來冷開水喝一口，吁了口氣，露出苦笑。隨後我展現長官的架勢問：「沒什麼異狀吧？」

「執勤時沒任何異狀。」夜班人員馬上回覆這句制式化的答案，他的表情似乎很想說：有異狀的是軍曹你。

VI 尋找祕密之旅

一早點完名，我連飯也沒吃，便開始辦理手上積欠的公務。我埋首工作約兩個小時，好不容易才完成。隨後我在伙房扒完飯，向隊長知會一聲便外出了。勝永再度抵達前，我有個計畫非先進行不可，那是我的最後手段。

我在桃園車站前左轉，沿著這個街市最大的建築——製糖工廠轉彎，來到臺北幹道。從這裡開始，道路幾乎都是筆直的。過了一會兒我開始上坡，坡道頂端是靈頂。這段路程將近有兩公里遠，一般來說無法徒步前往，若能攔一輛路過的卡車便會快速許多，但我怕被別人看見。

我橫越幹道，穿過流經後方一條名叫埤圳的灌溉溝渠，前面有一座貯炭場。靈頂附近的丘陵產煤炭，雖然產量不大，但有一條用來搬運煤炭的平板車軌道，一路從那座露天開採的礦坑蜿蜒通往這裡。

在平板車上通常會有一位苦力，堆疊了用大籃子盛裝的煤炭，利用下坡的慣性，以飛快速度巧妙滑行下來，回程再推著空車回去。如果給他們二十錢，他們會當作是賺外快，很樂意載人一程。這一帶的居民都如此利用這個運送機關。我走向那座貯炭場找尋苦力。

一名頭戴小斗笠的男子，坐在翻倒過來的平板車旁。下雨的日子這些人會戴上斗笠，披上以棕櫚毛製成、形狀像日本禮服的簑衣，赤著腳跑步，模樣像極了河童。

苦力一看見腰間掛著長長軍刀的士官，就急忙飛奔過來。我給他一些小錢後，男子高興地立起平板車，將它搬上軌道。我坐上鋪了草蓆的平板車，展開這段乍看十分悠閒的旅程。

由於去程是走上坡，平板車速度不快，但還是比徒步來得強。軌道行經幹道後方，不用擔心會被別人看見，這段路程也很適合拿來思考。那名苦力的雙手握住支撐煤炭籃子的棍棒，靜靜在後方推著車。

今天剛好是好天氣，沿途雜草中臭茉莉的白花散發著芳香，而種植在埤圳畔，被內地人稱為「菰」的茭白筍在微風中擺動。在來到以生產柿子聞名的龜仙莊後，號稱為荷蘭統治時代留下的美麗磚造大使館建築，在麥穗的波浪中現身。白色柱廊環繞而成的圓形露臺，在萬里無雲的藍天下緩緩旋轉。

我暫時從平日的鬱悶中解放開來，對陸續映入眼簾的景物深深感到醉心。但當平板車開始上坡後，苦力的呼吸聲變得急促，我對過去的回想再度讓腦袋麻痺，周遭的景致開始消失……。

當我接獲從軍司令部轉調至新竹憲兵隊的命令時，我得知昔日的戰友苦也在這個隊上。我聽到這名過去一同出生入死的男人名字，就像突然憶起原本已忘記的心底疙瘩，渾身都感到不自在。當然了，那是極其微妙、連我自己也不太明白的感覺。

我對軍司令部的的勤務早已感到厭倦，因此對單位調動不會感到不滿。照理來說，在一個未知的部隊裡有認識的人在，應該會比較安心才對。苫雖然比我資深，但我不記得他欺負過我。他是個陽剛味十足的男人，不過不是那種惹人厭的類型。然而不知道為什麼，苫的存在就是會讓我感到困擾。

當苫一看到我卸下裝備，放在大隊事務所的地磚上，突然誇張地一把抱住我，用大手拍打我的背。「接下來會向幹部報告單位調動的事，立即將你編入桃園派遣隊。」我接獲這項命令後退下來，這段時間一直陪在我身旁的苫，讓我看他製作的派遣隊編制表，並輕戳我側腹。

「喂，小高，你大概不知道，我們接下來要去一個好地方呢。」他嬉皮笑臉地說。「桃園這個地方作為一個鄉下市鎮，確實是小了點，不過這一帶可是產美女呢。等抵達那裡後，我為你帶路，那裡有二十多家名叫藍燈的慰安所。只要是公家認可的店家，就會在門口掛上藍燈泡當標幟。那就是藍燈這個名稱的由來。在那樣的小街道裡，有許多女人在接客。真不可思議。」

派遣隊入駐此地，是在一九四三年十月底。俗話說「基隆雨，新竹風」。新竹州是一處全年吹著強風的地方，不過真正風大的季節，就在這時候。

當時空氣中有不斷閃動的白光。開漳聖王彷彿在信眾的祈願下，召集肉眼看不見的神兵群聚飛舞，風中似乎還傳來輔順、輔信這兩名將軍座騎的馬鳴聲。即使我對苫曹長的宣傳不感興趣，卻也感到危險，覺得自己會馬上陷入當地風土的奇妙魅力中。

過去我一直都很想參觀本島人的家庭生活，我這份心願因為葦田先生得以實現。而與恆子小姐變得熟識，則為我精神生活帶來一大轉機。我會這樣說一點都不誇張。在葦田家宛如風的口袋般種滿樹木的寧靜庭院深處，每當我與這名少女在供奉著觀音媽的客廳對坐，她總會讓我感受到一種很不安的重要感，彷彿她隨時會突然消失。

臺灣的觀音前世是廖宗王的女兒廖善，從小吃齋。我很害怕恆子小姐也會像她一樣，隨時被魔風捲到天上去。

強風季節過後，冬天旋即來臨，北部的雨季也在入冬後到來。但今年銀白的大雨從早下到晚，且連連下了數日，好幾天外面都是寒冷陰鬱的天氣，讓人一點都不覺這裡像靠近北迴歸線的地方。當時到葦田家拜訪是我唯一的樂趣。

我喜歡從恆子小姐身上感受到的寂寞感。就連恆子小姐也看不出來，我其實很討厭自己陰沉的個性。

「恆子小姐是個容易寂寞的人！」某天我向她調侃。

「小高先生才是容易寂寞的人！」她也回了我這麼一句。

「不過，自從士兵們到我家作客後，家裡變得熱鬧許多，我也變得有幹勁。之前有好長一段時間，我都覺得好寂寞。遇上我這種容易寂寞的人，真是委屈大家了。」恆子小姐面帶微笑地說。

「過年時，我妹妹也會回來。她很聰慧靈巧，一定會受大家歡迎。」

我第一次聽說恆子小姐有妹妹。她說妹妹因為老家有事，暫時回去一趟，我發現她說的不是親妹妹，可能是家中的養女，也就是臺灣話俗稱的「媳婦仔」。聽說臺灣自古就有領養的習俗，被收養的人又被稱為螟蛉子，不過從葦田先生這家人的個性推測，這種風俗不見得像日本人指責的那麼負面。

「她很漂亮喔。我介給她給你認識。」恆子小姐神采奕奕地說。

比起她提到的姑娘，我更期待本島人過年的夜晚。這些惹人憐愛的女孩們，都會穿上古樸美麗的華服，熱鬧風情地招待客人。我想像著那個畫面，想到自己到時候也會列席其中，便滿心雀躍。

年終將近，外面還是連日下雨不見放晴，寒意也逐漸濃厚。隊上收到總部送來慰勞的一大箱酒，提早舉辦年終聯歡。但有人對位階晉升一事感到不滿，士兵之間起了衝突，鬧得不太愉快。苫曹長和我都喝到很晚，直到酩酊大醉後，見外頭雨勢稍歇，才豪邁地走向冷冽的夜晚。

苫酒後外出的目的是要去藍燈，這我當然知道。我們跌跌撞撞走在寺廟後方狹窄的巷弄中，行經昏暗的亭仔腳，往兩、三戶人家裡頭窺探。當天晚上，每間屋子似乎都已經有客人，屋內傳出像是以本島語吼叫的男人歌聲，以及用椰子製成的胡琴發出的放縱樂音，每間屋子都拒絕了我們。

最後一位拒絕我們的年輕女子，穿著一件極為貼身的紅色長衫。她的經濟似乎很拮据，站在燈泡底下，活像一道燃起的火柱。女子硬是從掛上門扣的縫隙裡，露出因為喝酒而泛紅的胸部和腰間的贅肉，讓人聯想此刻的她一絲不掛。

「妳可以嗎？現在沒客人吧？」

苫以帶有醉意的聲音說到，伸手就摸向女子尖挺的酥胸，馬上挨打。

「啐，媽的。」苫朝濡溼的步道吐了口唾沫。我也莫名被激起情緒。

最後，我們好不容易來到苫常去的一戶人家。那地方無比冷清，苫把臉湊向昏暗的門口，朗聲叫喚。門打開一道細縫，一位個頭矮小、穿著厚棉襖的老太婆露出臉來。她似乎是說裡頭沒有女人，拒絕了我們，但苫將那位語言不通的老太婆推開，大搖大擺走進左手邊的房間。

從昏暗的客廳看去，那個小房間很明亮。在蓋著顯眼棉被的木床上有兩名年輕女孩同床共眠。

木床幾乎占去整個房間的一大半，床可以說是本島人生活中的唯一奢侈品。那張紫檀木床有精細的雕工，許多地方都鑲嵌了名為「柳下美人」圖案的陶板和鏡片，還設有好幾個能放化妝用品的抽屜，一張木床等同一間閨房。我看到躺在掛蚊帳的豪華木床上的兩位女孩，突然想起馬奈的畫作《奧林匹亞》。[1]

「怎麼了，生病了嗎？」

苫熟識的女子被詢問，無精打采地回以一笑，但還是顯得很淡然，十足的風塵女子姿態。

「可以接客吧？」

苫詢問後，女子一樣笑而不語。突然他高聲對老太婆說了些話。

「剛好妳們這邊也有兩個人。」

苫解下佩刀，朝我使了個眼色，「你也要對吧？」他催促我。

我含糊地點了點頭。

躺在後方的女子，之前一直緊抓著苫那位老相好的手臂，想把自己藏起來。女子對她說了幾句話後，她才微微抬起臉，小心提防地窺探我的模樣。接著她動作極輕地走下床。老太婆領著我和這名女子，走進右手邊的房間。

從苫所在的房間看過去，這個房間很狹窄，一張木床幾乎就占滿整個空間。這張床也很簡樸，看不到鏡片和陶板的裝飾。不過睡在這種樣式的木床上，是我第一次體驗。我爬上床環視四周，感覺到很新奇。我心想躺在褪色的畫舫中原來是這種感覺啊。

一旁的女孩還沒脫去衣服，正微微顫抖。

「妳該不會是染上瘧疾吧？」

我好奇地詢問，她不發一語搖搖頭。仔細一看，她是一位美女，水亮的大眼很漂亮，感覺像從大雨下冒出來的一顆惹人憐愛的香菇。

那是我從七七事變後二度受徵召，之前有過幾次戰地買春的經驗，也曾和這種不諳世事的女人上床的經驗。我趁著腦中醉意未消，將她抱上床，嘴唇輕輕湊向她臉頰。這位脂粉未施的女人，微微傳來甘甜的香氣。

女人回吻我的臉頰，她簡樸的技巧令我微感驚訝。我伸手探尋她的衣扣時，她那柔軟

---

1 馬奈（Édouard Manet，1832-1883），法國巴黎知名畫家，印象派與寫實派之父。

如無骨的身軀像被搔癢似的，在我臂彎裡顫抖。她內衣的皺折中露出豐滿的乳房，還有像小孩般微微鼓起的腹部。這時女子像架上房門門閂般，急忙以手臂遮掩私處。但我不予理會，單手伸進她豐腴的大腿間，慢慢將兩腿撐開。烏黑潔淨的陰毛無比濃密。

我常聽隊上的士兵說，本島年輕女孩的缺點就是第二性徵不夠發達。但這也許證明這裡連年輕的少女都毫無限制地賣春，並非內地人能想像。我明明是位愛幻想的人，卻又有異於常人的好惡，而這位不知道年齡多少、或許非常年幼的少女，她的肉體令我感到安心。

那是我第一次去藍燈，同時也是最後一次。我向來很不習慣在這種地方與女人交涉。但這個雨夜與我偶然同床共枕的女人，和我就像久別重逢的愛人。我們度過一段短暫時間後，被那位身穿厚棉襖的老太婆尖銳催促，彷彿被硬生生拆散，兩人就此道別。

那名女子就像鄉愁，帶給我的印象長留在我心中。但我不想拜託苫再帶我去暗孔。過了一星期後，白天我在寺廟後方一帶四處探尋，好不容易找到那戶很難找尋的人家。那位老太婆還在，但我和她幾乎無法溝通。我唯一明白她說的話是先前那位女子似乎已經不在這裡。

之後，我下定決心要忘了那位女子。我在那個雨夜嘗到的興奮滋味只是一時的錯覺。夢想與現實之間，總有著思考無法介入的深度落差。我與那名女子就這樣分隔兩地。但過了一陣子，我竟然在另一個地方巧遇那名女子。

那是個難得放晴的日子，我為了到海岸的機場設施隊視察，站在位於街市郊外的十字路口。那個十字路口位於一座專門祭拜無主孤魂的有應公廟前，當我準備攔下一輛路過的卡車搭便車時，靈惠廟的管理人張師公走來。張師公穿著一件帥氣的面頂衫，頭戴中折帽，他手裡拿著一罐約七百毫升、裝滿了花生的瓶子，親切地指向一旁民宅，要我走進去。

我依言走進一看，那戶人家的客廳只在中案桌上擺了一尊大神主牌，上面掛著以印刷字寫上天照皇大神的掛軸。除此之外屋內沒有其他裝飾，顯得略為窮酸。

張師公要我伸出雙手，將瓶子裡的花生倒在我手上。花生幾乎快滿出來，我說夠了，但他還是繼續倒。為了從瓶口窄小的瓶子中倒出花生來，一身外出服的張師公滿身大汗。但比起他奇怪的款待方式，更令我驚訝的是從屋內走出的女子。

原來這戶人家是那天晚上我遇見的那名女子的家，這完全是偶然。由於女子的母親染上重病，張師公前來為她送藥籤。

師公理解的生病原因是由某種「靈」造成。有時治癒病痛，只要靠藥籤上寫的草藥調配就行，有時則需仰賴專注的祈禱。如果病人喪命，擔任喪禮主辦人的也會是他。儘管遭受總督府打壓，對於不相信文明呼喚的我來說，這種暗自保有相當勢力的老街生活，反而充滿迷人的魅力。

與那名女子的意外重逢，當然讓我與女子間的互動充滿生疏。但之後我又造訪了兩、三次，女子終於向我說出那晚的緣由。

女子的母親染上慢性病，病情不時會加重。治病的開銷，讓原本家中就不寬裕的經濟更加拮据，這一切女子全看在眼裡。雖然我不清楚這地方的年輕女孩都抱持怎麼樣的貞操觀念，但女子在苦思後，決定到暗孔工作。

她找一位在藍燈工作的兒時玩伴商量，那個人就是苫的女人。那位朋友並沒勸阻她，只是跟她說：「再過不久，就會有好男人來關照妳的。」那天晚上，女子到朋友住的房間找她。因為苫的女人因為身體不適，藍燈停止營業好一陣子，那晚女子才在她那裡過夜。結果，女子初夜的機會突然就到來。

女子將初夜獻給了我，但她向我坦言經歷那一晚後，她已經不想再賣身。她說出她的理由。

「我總覺得會在別的地方和你相遇。」

要是當時的我能保有內心寬裕，深入細想這段惹人憐愛的話語含義就好了。但我雖然感動，卻也半信半疑。不，當時我對現實世界中的一切，都無法全然相信。

轉眼已是新年。而新的一年開始，立即有個新的震撼在等待我。

新年時，我們要去葦田家接受款待，苫曹長、織田伍長、名倉、根本也都一起同行。那天晚上，我們聽說恆子小姐的妹妹也會回來，我老早就很期待這場熱鬧的新年團聚。

七點左右，我們在葦田家的客廳集合。恆子小姐打算讓妹妹和客人們見面，叫喚她到客廳來。我在毫無心理準備的情況下，看到端著裝有茶杯盤子的女子走來，差點叫出聲來。那名女子身穿青緞長衫，美得讓在場眾人瞪大眼睛。

女子將茶和點心送到第一次見面的客人面前，一面說恭喜。但當她來到我面前時，她對我露出熟稔的微笑，沒讓任何人發現。恆子小姐就像對這位漂亮的妹妹感到自豪般，一邊看著女子的動作，一邊滿面春風向我們介紹，說她的名字叫「江瑤琴」。

然而，我完全無法像瑤琴一般冷靜。為了掩飾心中的慌亂，我費了好大一番工夫。是我太大意了，沒事先詢問瑤琴的養父母是誰。但再怎麼說，我們認識的日子畢竟很短，我萬萬沒想到瑤琴會是恆子小姐的義妹，我們還在這裡不期而遇。喝完茶後上酒，雖然是鄉下地方，葦田家卻端出豪華的十二道菜款待。恆子小姐怪我沒有多吃一點，我終究只勉強吃下一碗飯。

我在心裡自問為什麼要這麼慌亂？我到現在才發現，恆子小姐在我心中有多特別，與她的義妹發生關係讓我產生無法彌補的懊悔。對我來說，恆子小姐的形象是那麼完美，不容許有半點汙損。

所幸苫曹長並不記得瑤琴是那天晚上在場的女人。他看到這位陌生的淑女出現，也看得目瞪口呆，不過似乎沒發覺她是那天晚上出現的女人。若非如此，我一定一刻也無法久待。

從那天起，這件事便一直困擾著我。我不想讓恆子小姐知道我和瑤琴的關係。可是過沒多久，她便很清楚讓我知道，我不能再永遠裝蒜下去。某天恆子小姐突然對我說：

「小高先生，聽說你很早就認識瑤琴了。你為什麼沒告訴我？你好壞喔……」

我心中暗呼不妙。瑤琴告訴她了。為什麼我沒事先叫瑤琴保密呢？根據當時恆子小姐的口吻，瑤琴似乎沒說出她和我發生肉體關係的事，但我在恆子小姐面前羞愧得無地自容。

在那之後，每次前往葦田家我都步履沉重。由於對恆子小姐存有顧慮，我也必須壓抑對瑤琴的感情。但同時我對恆子小姐的憧憬變得更加真切，瑤琴對我的吸引力也一樣沒變。

這種三角關係早晚會發展出某種結果，但我們並非和平時代下的戀人。我置身於軍隊這個巨大的牢籠，有著被賦予的工作；恆子小姐擔任街坊的衛生委員，常常要出勤防護活動，為了許多擔心的事忙得不可開交。瑤琴由於親生母親病情的變化，不時在養父家與老家兩地跑。就在這件事被擱置期間，一段時間被冬季掩蓋的副熱帶熱氣猛然甦醒，夏季就此來臨。

那時我愈來愈少造訪葦田家，某天黃昏，我在一座小公園旁的小徑偶然遇到恆子小姐。

恆子小姐若有所思地走著，沒發現我存在，差點與我擦身而過。

因為看到她會有壓力，原本我打算佯裝沒看見。但當時的她與平常不太一樣，我忍不住想出聲叫喚。恆子小姐那張平時就顯得蒼白的臉龐，此時看起來更加蒼白，一副心事重重的模樣。當她一看到我，就像要堵住我的嘴似的，馬上開口說：

「小高先生，我正要去找你。」恆子小姐終於露出微笑。

「瑤琴母親的病情再度惡化，她回老家去了。我剛才去探望……她叫我請小高先生今晚去她家一趟……」

恆子小姐在轉告這句話時，臉上突然浮現一股媚態，令我印象深刻。我很在意恆子小姐的神情，那天晚上熄燈時間一過，我就像被一股看不見的力量牽引，忍不住遛出軍營。

我在家家戶戶都大門緊閉的幽暗道路上，徬徨地走著，好不容易來到有應公廟所在的郊外十字路口。那間寺廟上翹的屋頂暗影在夜空中隱隱浮現，我因為它找到方位，輕敲某戶民宅的大門。

過沒多久，有人從裡頭開門。一隻小手抓住我外衣衣袖，將我輕輕往內拉。我跟著走進這棟貧窮的屋子，在客廳中案桌上，連用來代替燈火的香也沒點。黑暗中我再也按捺不住，朝那張突然湊向我胸前的女人獻上激情的熱吻。在我臂彎中的女子因為這深情的一吻，呼吸變得急促，接著她突然從我懷中掙脫，悄然無聲地走進屋內。

我被那奇妙的感動深深擄獲，呆立在原地。過沒多久，我看見搖曳的燭火從房裡出現。似乎有幾個人睡在這片宛如無人森林般的黑暗中，當燭火通過時，許多吊著蚊帳的木床邊角被照映出來。

映入眼簾的是手持蠟燭的瑤琴，在她背後是宛如洞穴般的幽暗。她出現在客廳，這戶人家還沒裝設電燈。

「哎呀，小高先生。你什麼時候來的？」

只穿著白色寬鬆睡衣的瑤琴，與她手中那根嶄新的石蠟蠟燭火光，看起來莫名潔淨。

「還問呢？是妳叫我來的啊。」

「我？」

瑤琴和我互望著彼此，一臉納悶。

突然我明白是怎麼一回事，心中大受震撼。是她。她剛才在這裡。沒有電燈設備的人家往往都很早睡，瑤琴肯定也照顧病人累了，已上床歇息。這戶人家雖然位於街市郊外，依然和大馬路旁的磚造屋舍緊密相連，形成整排亭仔腳的其中一間房屋。屋子後方隔著中庭，與後方人家背對背，一起共用有水井的中庭。這裡的屋子呈平行走向，要從中間沒有巷弄的馬路通往另一條馬路，就非得從這種房屋構造中間穿越才行。關係親密的人們，彼此都會這樣互通。

她肯定是從後方的人家來到這裡，在江家昏暗的客廳等待我。一想到這裡，我馬上不顧一切穿過那昏暗的房間，來到中庭。在躊躇片刻後，我打開後方那戶人家門口，直接闖入。我從那戶人家來到後方道路時，瑤琴一直拿著蠟燭跟在我身後。

「你怎麼了，小高先生？」

瑤琴看得目瞪口呆，向我問到。我留她在原地，直直朝葦田家而去。但是到她家後要做什麼，我腦中完全沒有頭緒。穿過那扇沿著小河而建的大門後，是一片漆黑的葦田家庭院。他們一家人都靜悄悄睡了。我拉動房門，卻無法打開。這扇木門感覺被關得密不透風。時間這麼晚了，我實在不能沒來由把別人叫醒。終於我垂頭喪氣離開那裡。

回到宿舍後我還是輾轉難眠。恆子小姐是在測試我。她已清楚知道我和瑤琴的關係。不光是如此，我還將恆子小姐緊擁在懷中，聽見她急促的心跳聲。在黑暗中假扮成瑤琴的恆子小姐，她柔軟的唇和舌頭就像發燒般滾燙。

那一夜，我在疑惑與興奮攪亂下，連自己是如何睡著的都不知道。隔天是五月九日，我在同樣的混亂中醒來。

也是在那天，隊長前往新竹與大隊總部聯絡。隨後，他接獲緝查軍用米私賣的命令返回營中。我聽到隊上決定展開這項行動，才感覺自己真正清醒。

我馬上著手為這項命令擬定草案。由於分隊行動的配備不足，隊上另外編制一個監視班，我也被分配親自指揮一個班。各分隊決定好配置，全員並配給實彈。

當隊長集合各分隊長、下達完命令時，苫曹長突然開口道：

「監視靈頂的工作，交給小高這樣的小白臉實在讓人不放心。我也去吧。」

隊長略顯不悅，但什麼也沒說，而我則是對苫的態度感到納悶。從那天早上起，苫便故意對我擺出挑釁的態度。我差點就發火了，但因為忙著煩惱自己的事，一下就子就忘了。仔細想想，他這種態度實在教人費解。

我心中的疑問，一直等到下午在伙房聽名倉一等兵談起一件事時，才解開部分疑惑。

「小高軍曹，你替我評評理吧。」當時名倉那雙不安的大眼泛著淚光。「苫曹長真的很過分。」

名倉提到前些日子，他帶著上級配送的糕點去葦田家時，親眼目睹恆子小姐百般不願，被苫強行摟住的行徑。這正是根本指稱名倉犯案動機的事件。

當我聽到這件事時，我意識到自己突然湧現怒火，漲紅了臉，甚至來不及在名倉面前掩飾。此時我才明白，前一晚上恆子小姐突如其來的舉動，似乎是在先前受到屈辱下產生衝動，同時也是苫對我如此反感的原因。恆子小姐肯定是跟苫說了些關於我的事，也可能是她對受辱感到憤怒，說出對我有好感，苫才會用看待情敵般的眼神看我。

愚蠢的是，我竟然在心中大喊：「你活該」。這種想法激起我的自尊心。晚餐後，苫著裝完畢走出來，我掩飾心中對褻瀆者的嫌棄，只擺出冰冷不屑的表情。

入夜後，我帶領幾名腋下掛著手槍、槍裡裝了實彈的輔助憲兵，坐上貨車貨架出發。苫和我坐在擁擠的駕駛座，極力避免碰觸彼此肩膀。抵達靈頂山頂後，我把貨車停在路邊，熄掉車頭燈。

在山上，像是以稻草摻和泥土蓋成的五、六間民宅在路旁一字排開，民宅後方有一條狹窄的石階，通往更高處的山崖。在山崖上有一座小廟，是知名的媽祖靈場。站在那裡可以清楚地一路向下看見前後兩邊道路，是很合適的監控場所。

我和苫打開手電筒，沿著石階而上。這時，走在前方的我突然浮現一個想法。如果這時苫從背後推我一把，我肯定會整個人倒栽蔥墜入黑暗的谷底，撞破頭顱。我感到全身發毛，急忙跑上頂端。

在這個季節，夜晚依舊沁涼。這座蓋在這一帶最高處的廟宇，連屋脊上的雕龍都黑漆漆一片，被塔頂的九輪刺穿的星星顯得閃耀刺眼。

不知道為什麼，我總覺得苫一直在找機會對我下手。要是他冷不防襲擊我，我的臂力根本和他沒得比。

恐懼讓我逐漸產生妄想，一些噁心的幻想在我腦中浮現揮之不去。我假裝在那座小廟四周閒逛，想藉此與苫保持一定的距離。但漸漸地，連我都感覺自己的動作太不自然，這時苫突然低聲叫喚我的名字。

我像是後頸被人潑了一桶冷水般的寒毛直豎，打了個寒顫。我猛然一看，背對廟站立的苫，他的臉沐浴著星光，神情可怕而扭曲，彷彿活生生映照出我心中的不安。

事後回想，在那微弱的星光下真的可以清楚看出苫的表情嗎？還是說是我的恐懼描繪出他昏暗臉上的可怕表情？這點令人存疑。但當時我已經失去自我，反射性地從槍套裡拔出手槍，對準了他。

「別過來！」我恐懼地大喊，聲音卡在喉嚨裡，顯得柔弱無力。這個聲音連我聽了都感到陰森可怕。不過比我還要驚訝的人是苫。

「喂，你這是在幹什麼！」

他一隻手伸向前，發出極為慌亂的聲音。如果是白天，我應該能看見他蒼白的臉孔。

但我太過激動，沒發現苫不知何時已拔出他的手槍。要是當時我發現這一連串快速的動作，我恐怕就扣下扳機了。在這幾秒時間裡，我和苫就像狗一樣喘息著，忘了周遭一切展開對峙。

「停車！」如果不是此時底下道路傳來貫穿耳膜的叫聲，不知道會發生什麼慘事。當時，我們的部隊針對路過此地的卡車安排的監視兵，正下達停車的命令。他的聲音適時解救了我和苫……。

Ⅶ 一 紅與黑之中

平板車爬升至靈頂的山丘頂端。軌道接著從那裡往露天開採的礦坑蜿蜒。我從平板車上站起身，思緒被打斷。因為煤灰而變黑的小徑旁長滿枸杞花，我從花叢縫隙滑向幹道、穿越道路，爬上媽祖廟所在的小丘。

白天看的時候，這座祭祀天上聖母的小廟，粉紅色的牆壁就像剛被重新上漆似的，唐磚也透露著鮮綠，就像某位少女擁有的房子般可愛迷人。

媽祖這個稱呼展現出從大陸渡海來到這座島上的人們，對這位神明的懷舊之情。自古閩粵地區的人們因為海上交通興盛，會祭祀水神天妃。遭遇暴風雨的船隻在祂的幫助下逃過一劫的傳奇故事，多得數不清。當天妃在海上現身時，「風濤之中，附有蝴蝶雙飛，夜半忽現紅燈」。以臺灣有名的北港朝天宮為首，臺灣到處都有媽祖廟，這座廟也是其中之一。

從山丘上遠眺的景致令人感到心曠神怡。這邊能遠望桃園街市，佇立在道路盡頭、像城牆般巨大的黑影是一棟蔗糖廠。久未感受的酷熱反而令人快意，這裡彷彿沒留下半點關於那晚的可怕記憶。

不過，苫曹長在日記中提到「今晚那件事」，肯定是指當時的事。而苫用O這個字母指涉的人物，當然就是我。苫應該是在某個地方，留下指出我名字的線索。

當時我們在下方馬路的輔助憲兵叫聲中，回過神來，他們在底下急急忙忙叫喚我。我極力鎮定心神，走下那條陡峻的石階，苫則獨自在山丘上那座廟停留半晌。因此我猜苫是在這座廟留下什麼線索，這個猜測並不奇怪。我從對我最不利的物證聯想到這座廟，而來到這裡，採取防止最後危機發生的方法。

我覺得自己有義務解救恆子小姐，要解救她當然得冒風險，但如果可以，我希望能一併避開風險。當時勝永發現苫那本日記，對我來說就像一把可怕的雙面刃。值得慶幸的是，我比搜尋官早一步掌握日記的祕密。

我來到這座孤立在山頂、沒有住持的小廟一看，發覺它很適合用來保存祕密。我用雙眼愛撫這座可愛的廟，因為比勝永他們搶先一步掌握日記的祕密，我暗自感到雀躍。

然而，走在這座稱不上寬敞的廟內，我逐漸因為期待落空感到不安。我遍尋不著苫以「紅與黑之中」暗示的藏匿地點。我感到不知所措，直接坐在石板地上，這種疲勞而無精打采的狀態讓我手腳無力。嚴峻的現實黑壓壓擋在我眼前，接下來我該如何是好？我強忍著絕望，茫然望著安置眼前那尊跟孩童一般高的媽祖像紅通通的臉龐。

忽然，我想起昨晚那場怪夢。一定是前一天在靈惠廟巧遇津路軍醫的經驗，成為令我盜汗的可怕噩夢。當時軍醫說的幾句話讓我很在意，在我的夢中反覆出現。此時他在夢中說的話被賦予不同含意，浮現在我腦海。

「開漳聖王像為什麼有兩尊……」

我內心豁然開朗。對啊，除了此刻在我眼前面露微笑的鎮殿媽祖，或許還有其他媽祖像。我的想像果然沒錯。我起身查看神龕，發現離主神不遠處，確實有像是安放其他神明的地方。那裡只留下臺座，而且只有那邊沒蒙上塵埃。可以推測上面的神像是最近才剛被搬走。

那可能就是媽祖的軟身吧。要是能查看那尊神像，或許能查出什麼。這項發現讓我重拾精力，步出廟外。

石階下一整排民宅中有一間柑仔店，我走進店裡詢問老闆娘媽祖軟身的事。

「喔，那個啊。」老闆娘一副心領神會的模樣。「到山坡下的村落去了。喏，聽到聲音了嗎？」

原來這天一早，當地村民為了驅除瘟疫扛起神像出巡去了。如果豎耳細聽，確實可以聽見在風聲中摻雜的喧鬧銅鑼聲。我鬆了口氣，擦去額頭的汗水，重新戴好戰鬥帽。

穿過山頂鑿開的通道後，視野變得開闊。我望著用心耕種的農地與層層疊疊的山谷，一路走下這條險峻的山路，山下有個全是用竹子和泥土建造成民宅的村落，路旁正在進行媽祖的請神儀式。媽祖像就安置在附有長杆的粗糙輦轎上，前方擺放各種供品，四周瀰漫竹香的輕煙。

儘管那喧鬧的銅鑼聲讓我皺眉，我還是站在圍繞輦轎的群眾身後，往裡頭窺望，感到喜出望外。那尊媽祖的臉竟然是塗成黑色，而山上小廟裡的鎮殿媽祖是紅臉，有紅臉媽祖和黑臉媽祖，這不就完全符合苫日記中暗示的「紅與黑」嗎！

我已經沒必要繼續待在這裡。我精力充沛地順著上坡路往回走，山丘上的小廟依舊不見人影，這對我來說再好不過。

接下來的方針很明確。在鎮殿媽祖的軟身臺座中間，擺了一個很大的木製燭臺，如果靠近細看後會發現，燭臺底部是以螺絲固定在臺座上，中間也有個地方靠螺絲接合，可以對折搬運。我將它拆解開來檢查，發現中間螺母的底部有個小空洞。

終於我心中吹響凱歌。如此一來我就爭取到時間。我取出苫從日記中撕下的紙片，上面寫的字有些歪歪扭扭，是苫利用他在新加坡買到那支引以為傲的派克筆，寫下的筆跡。墨水也是部隊裡使用的固態墨水的顏色。在紙片上寫著：「殺我的人是小高軍曹。苫留」。我感覺自己彷彿和苫再度面對面，不禁打了個冷顫。

緝查行動那晚，當我走下山頂道路時，留在廟前的苫肯定仔細思考過，為什麼我會出現精神錯亂般的行徑。後來他終於發現我也深愛著恆子小姐，對她的愛有多麼認真。苫是個不服輸的男人，從他的日記就可以看出這點。他已經做好心理準備，不惜和我再次正面衝突。

苫的手上握有一張王牌。他一定是在後來察覺，那場雨夜的其中一名女子正是瑤琴。因此他想用這個事實離間我和恆子小姐。從日記開頭的一段話，就能看出他有此意。但還沒走到那一步苫就喪了命，這或許可以說是我走運。他認為如果這種對立變得更加激烈，類似那晚的情形可能再度上演，而認定我是一位不可大意的智謀型敵人。

為了在自己遇害時指認殺害他的人，苫想出雙重的死後通信的方式，寫下這張陰森可怖的點名紙以及日記上的暗示。但是他這般精心的策畫究竟有幾分認真？幾分計畫性？也許那只是他異想天開的惡作劇。不過苫這個男人只要動了念，不管再蠢也一定會執行到底。

在這座理應沒有半盞燈火的小廟中，苫憑著手動式的手電筒，竟然會想到將紙片藏在燭臺的螺絲底下，這件事又有誰會想到呢？不過我檢查後，發現確實有這個可能性。燭臺中間的螺母空洞積了厚厚一層灰，這些灰塵表示燭臺被移開擺在一旁，已經有一段時間。

苫在偶然間進入這座漆黑的廟宇，或許那時他以手電筒照向分解的燭臺與兩尊形成對比的神像，對這個藏匿地點感到有趣。隨後他將那個令我傷透腦筋的想法付諸執行。他把寫有我名字的紙片折小、插入螺母中，然後將擺在一旁的燭臺套上去旋緊，完成藏匿。

苫要是沒被暗殺、我們之間若持續針鋒相對，早晚會爆發流血衝突。苫是專門為了粗暴行為而存在的士兵。有人說勇氣是恐懼的另一種形態，而我讓他感受到恐懼。當下次我與他對上了，他一定會擺出戰鬥姿態，事實上，我們都很提防這種一觸即發的狀況。苫意外死亡的那晚，他之所以武裝外出也能說是在提防我。如果有人知道我們之間的祕密，那想必會知道殺死苫的兇手是誰，並毫不猶豫說出兇手的名字。

幸好我躲過嫌疑，這次也從苫設下的陷阱成功脫身。只要我自己沒招認，那連搜查官他們也一定想不到，苫的祕密告發信竟然會藏在這尊媽祖的神龕中。如此我就能爭取時間，想出解救恆子小姐的方法。

我鬆了口氣，從口袋裡拿出香菸叼在口中，點燃火柴。我強忍想將那張危險的紙片引燃的欲望，心不在焉地陷入沉思。

這時有人悄悄伸手搭向我肩膀。我打了個寒顫，香菸從我口中彈出，掉在石板地上。神不知鬼不覺出現在我背後的人是勝永伍長，他以譴責中帶有同情的表情注視我，伸出他的長手，從我手中拿走那張紙片。

勝永意外的出現以及柔和的態度，奪走了我抵抗的力氣。勝永從我肩上拿走手槍，以平靜的聲音說：

「媽祖的軟身是黑臉對吧？」

我茫然望向他的臉。勝永為什麼會來這裡？為什麼他全都知道？這一切感覺超出我的思考範圍。勝永看出我的神情，莞爾一笑，像在嘆氣般說：

「紅與黑的問題讓我傷透腦筋，原本完全猜不出來。但你和苫曹長在這座靈頂上似乎發生什麼過節，這是我最後的線索。五月九日晚上，你和苫曹長兩人在這座廟前待了一段時間，這是我從當時負責站監視哨的士兵那裡聽來的。今早我突然想起這件事，我當作是最後一搏前往市公所，對地方情況展開調查。結果我得知，地方的民情調查會記錄宗教情況，詳細提到不同廟的所在地以及祭神活動。例如有人會特別利用降筆會[1]等活動，企圖從事不法行動。」

勝永環視安靜明亮的廟內，用舌頭潤了潤嘴唇。

「我也是在看了紀錄後，才知道這座靈頂上的小廟祭祀媽祖，並發現裡面有一段紀錄提到媽祖像的臉會塗成紅色或黑色，分別是紅面媽祖和烏面媽祖。」

勝永沒提到自己發現的喜悅，流露出沉痛的表情。

「除了媽祖外，也有一尊神明有紅黑兩種臉的情況。因此我馬上折返回桃園。我抵達車站後沒有到派遣隊去，直接向路過的卡車搭便車，一路來到這裡。我走進廟裡一看，發現地上有根剛抽完的菸蒂。菸在這裡是禁賣品。會抽這種配給的內地香菸應該只有軍人，我心中一驚，明白有人比我早到一步。而我直覺想到的人就是軍曹您……」

「我到山頂的茶店打聽，得知有一名肩上繡有金線的士兵，到對面村落去看媽祖請神。我馬上明白那名士兵去看媽祖輦轎的目的，也知道他很快會回到這裡，於是我決定躲在暗處等待他。」

我被他徹底擊敗，無言以對。我只想著自己早晚有天得在大手上尉面前解釋。

曾根隊長看到我和勝永一起站在他面前時，露出意外的表情，但聽完伍長說明後，他皺起眉頭。

「可是，現在把小高帶去總部，那可傷腦筋呢。這當中應該有什麼原因吧，光憑苦的日記就認定小高是犯人，這有點怪吧？」

「話是這樣沒錯，但我不認為曹長純粹只是在惡作劇。」勝永平靜地回應他的抗議。

我已經看破一切，因此簡短說明靈頂行動那晚的經過。

我被帶往新竹時，隊長趁勝永不注意，偷偷在我耳邊說：

1 降筆會又被稱為扶鸞，是日治時期臺灣民間藉由宗教力量戒除菸癮的運動。該活動約興盛於一九一〇年代，最早出現在桃園，並逐漸流傳於新竹、臺中、苗栗、嘉義與南投一帶。該活動藉由神靈附身在沙地撰字，由廟方人員抄錄文字披露神諭，並將淨砂混合水給鴉片癮者，以供鴉片癮者祈禱與緩解身體疼痛使用。日本官方由於認定該行為迷信，故嚴加取締，打壓降筆會活動。

「沒有證據可以證明你是兇手。透過已經死亡的苫曹長點出兇手名字，這也未免太蠢了。我會暗中運作，要他們早點放了你。隊上少了你，我可是很傷腦筋呢。」

隊長臉色慘白，一臉痛苦的對我這樣說。津路軍醫則一反常態，以冷酷的口吻說：「在你之前已經有兩名犧牲者了呢，小高。」

軍醫這句話令我打了個寒顫。津路少尉之前就已經懷疑我了，之前與他告別的怪異場面，一直留在我的記憶中。

我被帶往新竹的大隊總部，在大手上尉面前坦白說出靈頂事件。寫下筆錄後，我被監禁兩、三天，沒接受任何偵訊。勝永似乎出差調查去了不在隊上，我很想和恆子小姐見面，但未能獲准。我在總部沒認識半個人，感覺綁手綁腳的。

好不容易我被帶到大手上尉面前，我看到勝永那張充滿朝氣的臉。眼前這名搜查官看起來比平時還要嚴格。

「你和苫曹長起爭執的事，我已經聽你親口提到。發生靈頂事件兩天後，你獨自去了臺北對吧。我派勝永去調查你那天的足跡，得知你去過軍司令部，拜訪大正町一位熟識的人。聽說你向那個男人借了一個特別的東西。」

我內心一驚，緊咬嘴脣。

「你借了防彈背心對吧？聽那個男人說，那是德國製的上等好貨，做得非常精巧，還附上實驗保證。不過，你身為軍人卻向人借來這麼奇特的東西。對了，那東西你還沒歸還，但從你放在派遣隊裡的物品中卻怎麼也找不到。你到底藏到哪裡去了？更重要的是，你用它來做什麼？」

我後悔莫及，感覺自己已經被當作關鍵嫌犯看待。也許苫設下的陷阱出奇的致命，一旦被人懷疑，有能力的搜查官就會精準地撒網、找出目標。我一時想不出什麼巧妙脫罪的方法。

我拜訪了之前在臺北有交情、目前在《臺灣新報》任職的朋友，向他借用德國製的防彈背心，這是事實。那時正是我與苫曹長嚴重對立的時候，但我並不是想用它來保護自己。由於那件防彈背心做得實在很精巧，我只是想借回來給隊長看，試著進行實驗。但事情一忙就擱置了。仔細想想，身為軍人卻老將那種東西擺在身邊，傳出去實在很沒面子。這與套上縫銅錢的腹帶防身的做法相比，是完全一樣的。面對大手上尉詢問時，我只能沉默以對。

「既然你不想說，那就由我試著代替你說明吧。」大手上尉板起臉孔。

「五月十三日晚上，你很早就寢，不知道苫曹長外出。但你應該知道苫外出的目的。你在九點前溜出軍營。和你睡在同一個蚊帳裡的筈見兵長，是個一旦入睡就會一覺到天亮的男人，所以要在不被他察覺的情況下偷溜出去，一點都不難。那所公學校的校地，有個行經伙房旁邊就能通往教職員宿舍的出口，而面向操場公園那邊也有一座後門。就算沒從正門的站哨所前面通過，一樣能夠外出……。

雖然營內一直有夜班人員巡視，但他們向來都是兩人一起行動，要瞞過他們也很容易。夜班人員在你外出這段時間，當然也查看過總務室。不過他們並未確認應該睡在蚊帳裡的你，是否在床上。你在蚊帳外擺出你的長靴和營內鞋，讓他們認定你就睡在蚊帳內，沒有產生懷疑。不過根據勝永伍長調查，你有一雙私人的膠鞋。你肯定是在晚上採取行動時，使用了它們……。

你摸黑潛入葦田家庭院，站在客廳大門外，窺探屋內動靜。不久，苫曹長帶著名倉一等兵走出來。苫不讓恆子出來，從門外以體重壓在門上。那扇門因為有門檻，只能向外開，不能往內開啟。你利用這個機會，與他們相比你當時應該已習慣黑暗。但為了不讓名倉知道你的存在，你先用手槍握柄將他擊昏。當然了，只要暫時讓他昏厥即可。聽到聲響覺得不對勁的苫轉身朝你走近，這時你向前開槍射擊。即便在黑暗中，只要在近距離下，上述這一切都能辦到。這從恆子的證詞中也能得到應證。」

我茫然聆聽大手上尉條理分明的推論。

「這時，護龍那扇門傳來打開的聲音。你知道是恆子來到庭院，但你來不及逃。恆子來到客廳門口，發現那裡出了狀況，於是從外面打開大門，讓燈火照向庭院，你也無處遁形。於是你心生一計，化身為苫曹長……

苫有吃大蒜的習慣，你或許知道他都會把大蒜放在衣服裡。於是你搜索死者的衣服口袋，取出大蒜，放進嘴裡拚命嚼，試圖讓置身在黑暗中的恆子誤以為你是苫。這確實是個好點子。你和苫剛好體格相似，為了讓自己表現得更像苫，你一把抱住朝你走近的恆子……

但在那之前，恆子撿起苫掉落地上的槍，怒火上湧，並朝你開槍。這是連你也大感意外的舉動。幸好你從朋友那裡借來防彈背心，子彈卡在背心上不過可能因為衝擊力太強，你挨了意想不到的一槍，就這麼踉蹌倒地，發出呻吟聲。恆子以為自己一槍射死了苫，突然害怕起來，將手槍扔向一旁，逃進家中……

後來你想替恆子脫罪。於是你趴在地上尋找那把槍。但你同時找到兩把手槍，一時難以分辨剛才用的是哪一把。於是你將兩把槍上的指紋都擦掉，分別擺在倒地的兩人身邊，接著悄悄離去。」

我的臉一定是血色盡失，大手上尉一臉同情地注視我。

「你同樣在不被人發覺的情況下返回軍營，將膠鞋換回營內鞋，用一副剛睡醒的模樣走去廁所。你將蠟燭放在洗手間，漱了漱口，吞下大量仁丹。這當然是為了消除大蒜帶來的口臭。你故意這麼做吸引夜班人員過來，讓他們看見你因為腹瀉奄奄一息的模樣，以確保自己的不在場證明……

拜防彈背心之賜，你撿回了一命，但你胸前遭受重擊的部位還是紅腫發痛。根本一等兵在洗澡時看到你的紅腫，津路軍醫也知道你向廟裡道士買膏藥一事。如何，我的猜測沒錯吧？」

我身陷困境，無法動彈。他已經清楚看出我可怕的處境。但我極力專注精神，非得想辦法找出活路。

「那麼，您的意思是我用自己的槍當凶器囉？可是，根據上尉您的調查，您不是已經確認過我的槍並沒有被使用過的痕跡嗎？就算開槍痕跡的鑑識不具有決定性，我身上持有的實彈同樣一發也沒用。如果我用了子彈，那要如何補充呢？」

大手上尉以冰冷的聲音駁回我的抗議。「那是我想問你的問題。」

唉，為什麼我不早一點招認一切呢？我就是太過仰賴頭腦，明知有缺陷，卻還是想靠自己的力量解決這起事件。我隱瞞一切真相，結果更加深眾人對我的懷疑。

但我還是得想辦法突破眼前的局面。要是就這樣被奪走自由，別說解決這起事件了，我甚至可能永遠無法重見天日。我將面對軍法審判，接著是死刑。我急得都快昏過去，我發現現在唯一的解決之道就是豁出去，坦白說出事實，為自己辯解。於是我在專注寫筆錄的勝永伍長面前，將到現在仍歷歷在目的當晚狀況全部告訴他。

「我會說出一切。而且我發誓，我說的句句屬實。」

我極力保持鎮靜。

「在我潛入葦田家庭院前，一切都和上尉說的一樣。我當時並沒有要謀殺苫曹長的意思。我後來得知曹長外出後，便對派名倉一等兵去葦田家的事感到不安起來。先不論曹長外出的目的為何，但任誰也猜得到，他一定是前往葦田家。我很怕他們之間起衝突，當時曹長很激動。

不，我自己也一樣。自從發生靈頂事件後，我看起來就像得了被害妄想症一樣，苫和我都深深覺得自己總有一天會打倒對方。因此，就像那天晚上我的行為一樣，我採取正常人想不到的祕密行動，這已經成了我的習慣……

我屏息聆聽客廳裡的騷動。苫比名倉早一步走出戶外。我避開屋內洩出的燈光，貼在牆上隱藏身影，但胸中滿是被苫的野蠻激起的怒火。我心中萌生殺意，同時產生錯覺，認為自己是為了解救名倉而有正當理由。為了神不知鬼不覺的解救名倉，我唯一能使用的方法就是讓他先失去意識。我馬上拔出手槍，用握柄攻擊。這時，我耳邊聽到一聲響亮的槍響……

我以為是苫開的槍，反射性趴在名倉身上。這時，我碰到名倉掉落在地的槍。我心想：如果用自己的槍會惹來麻煩。於是我撿起名倉那把槍，牢牢握在手中。接著我往前爬想靠近苫，卻發現苫的腳朝我滑過來。苫似乎趴在石板地上。我覺得很奇怪，伸手輕輕碰他的身體，發現他正不斷抽搐……

我一時丈二金剛摸不著頭腦，但心想會不會是苫精神錯亂，誤傷了自己？想到這邊我不禁渾身發毛，原本對苫滿腔的怒火瞬間冷卻。我擦拭手中的槍，將它丟棄在一旁。就算身處黑暗中，我也知道苫的傷勢不輕，但不明白這是怎麼回事。我就這樣愣在原地。下一個瞬間，我感覺到恆子小姐來到庭院，才回過神來……

接著就像上尉您猜測的。把恆子小姐丟棄的那把手槍指紋擦掉的人，是我沒錯。我前腳剛走，瑤琴隨後就到，我巧妙地逃離庭院。我回到部隊後情況也如同上尉所說。後來我將那件防彈背心丟進淡水溪的支流大張林。恆子小姐開的那一槍，也就是近松伍長手槍的子彈，就嵌在防彈背心裡。被貫穿後留下破洞和燒焦痕跡的外衣，當時也被我和防彈背心一併處理了。我在某個機會下獲得定額外的夏衣，有相同兩件穿舊的衣服。我向來都很注意不會有超出配給數的衣物，才沒有引來這個最容易被別人盯上的懷疑……

不過，我發誓凶器不是我自己的槍。當然了，也不是恆子小姐無意識下使用的那把近松的槍。至於殺害苫的子彈是從哪裡飛來的，我也完全猜不出來。」

我認為自己的陳述大致還算有條理。我明白他們在這種情況下，應該不會那麼容易照單全收我的自白，但為了讓他們明白這才是真相，我卯足全力。勝永抬起頭來注視我半晌。我從他眼中看出他那顆年輕的心對追求真相有著無比的虔敬。我也像在哀求般回望他，但最重要的是大手上尉，他沒有表現出一絲動搖。

「如果你說的是真的，那我們不就得重頭來過了嗎？」搜查官神情憂鬱地說到。「你剛才的證詞讓殺人現場的範圍變得更小了。現場除了名倉和苫之外，還有你。如果說在能夠近距離開槍的位置有第四個人在場，那至少你應該會發現才對。只要對方不是鬼魂，你應該會感覺到才對吧。手槍的問題也是，就像我們找不到證據能證明你的槍是凶器一樣，你也沒證據證明凶器是誰的槍。你的供詞恐怕無法獲得佐證，不管是誰聽了，都只會說這是你在狡辯。看在任何人眼裡，你多方加工編造的事實，還是讓你顯得像犯人。」

大手上尉嘆了口氣，抬起真誠的雙眼凝望我。

「不過，我可以向你保證一件事。在發現確切的證據前，我不會告發你。」

大手上尉這句充滿善意的話，反而像在告訴我，他認定我是唯一決定性的嫌犯。我彷佛全身肌肉都被抽走般，沒有力氣站立。

VIII — 犯罪二進位論

兩、三天後，我被送往臺北關押。此時，我聽說恆子小姐已經被赦免，遣送回桃園。我感到些許安慰。關於我被迫自白的事，我並不後悔，因為早已做好心理準備。為了解救恆子小姐，我早晚都能說出真相。然而，與其說我是因為錯過說出真相的時機感到遺憾，倒不如說這是我犯下難以挽回的錯誤的結果。我沒有什麼重大背景緣由，卻被捲入殺人事件，而且還被當作犯人看待。是我製造出這種狀況，將自己逼入怪異的窘境中。

被帶來臺北不久，我就聽到塞班島被攻陷以及內閣改組的消息。由於我周遭出現這些像年輪般層層包圍、大小遠近皆有且攸關命運的事件，我腦中開始出現混亂。當冷靜之時，我會試圖從現在面對的可怕情境中尋找活路，嘗試在記憶中拼湊整起事件的細節，但無論如何都無法突破瓶頸。我不斷想起恆子小姐和瑤琴，內心感到焦躁煎熬。只要我一入睡，白色的玉蘭花便會伴隨死亡的恐懼一起現身，我胸口遭受衝擊的疼痛再次甦醒。隨著天氣日漸炎熱，我也日益憔悴，反而希望能早日接受判決。時間邁入八月後，不知道過了幾天，勝永伍長前來探望我。

「我以為世上接連發生幾次大事，你都把我忘了呢。」我對他如此說，聲音透露的平靜連我自己都感到奇怪。

「倒也不是，不過，打敗仗的消息傳來後，軍隊便開始忙著展開防諜行動。」勝永那張曬得黝黑的臉露出苦笑。

「早點把我送去軍法審判，這樣我也比較痛快。」

「之前在司令部督促下，我們姑且得將您引渡到這裡。但大手上尉說，如果還沒發現凶器，那就不能起訴，應該拒絕進行審判。他這人權威十足，只要是他堅持，光憑校級的軍官是撼動不了他的。」勝永表情嚴肅地說到。

「而且現在司令部也沒空搭理這種程度的事。這樣正剛好，不是嗎？我們一起來爭取時間吧。」

勝永或許有些刻意，但他的語氣聽起來相當悠哉。

我對方才因為自暴自棄而說出的輕率話語感到後悔。

「不過，我已經將記憶裡的事全部說出來了，沒必要再想了。」我感到意志消沉。

「不，一定還有記憶遺漏的地方。今天我們就一起來動動腦筋吧。」

勝永始終都擺出像被告辯護律師般的態度，他從拎來的紙袋中，取出像是在榮町[1]一帶買來的冰淇淋夾餅，遞給了我。我滿懷感謝地送入口中。舒服的沁涼直透鼻端。

1 日本統治時代臺北首屈一指的鬧街，相當於現現今的衡陽路、寶慶路一帶，當時號稱臺北的銀座。

「軍曹，我曾經和你爭論過犯罪論對吧。」勝永臉大，嘴巴也大。他大口吃著冰淇淋，似乎想替我打氣。

「當時你說了一件有趣的事。我還記得你說，犯罪擁有一種二進位式的特質。我心想，犯罪算是一種人與人的關係，或許可以這麼解釋。我開始對此事感到很有興趣，這次的事件似乎就是很典型的例子。我們調查的結果有很大的發現，案件中一定都伴隨了『二』這個數字。例如一開始倒臥在現場的有兩個人、被遺棄在地上的手槍有兩把，因為時差關係令我們感到傷腦筋的時鐘有兩個，就連神像也有二王二媽……

先前我和你一起在桃園的寺廟看人擲筊，那就像這起事件的特質。擲筊是由兩個杯筊的組成展現神明的啟示，也可以說是對偶然的結果寄託期待。這起事件的犯人也一樣，他會犯案純屬偶然，這種偶然在單一條件下是無法成立的。」

勝永顯得有些興奮，繼續說明到：

「我從擲筊中，獲得命案現場被發現的手槍的啟示。那與我最初的設想不同。那兩把命案現場的槍，既不是打昏名倉的槍，也不是射殺苫曹長的槍。這麼一來從邏輯來看，勢必存在另外兩把手槍。現在我們已經知道其中一把是你的槍，也就是打昏名倉的那把。你說要補充實彈是不可能或說極度困難的事，我也有同感。因此，我們勢必得考慮有第四把槍存在的可能性。而且這把槍屬於派遣隊的其中一人。這個人能補充實彈，一定是這樣的人持有那把槍……」

「有補充實彈嫌疑的人，就只有派遣隊中的兩名軍官。」

「這話怎麼說？」勝永大吃一驚，幾乎快跳起來，他急忙詢問。

曾根中尉與津路軍醫在鶯春射擊場進行實彈演習一事，似乎引起勝永的注意。

「原來如此。當時沒有把一開始配給的三十發子彈用完的人很有嫌疑。這次事件或許不是有計畫的殺人，那個人可能只是剛好有必要，先預留了一些子彈。」

「不過，就算懷疑那兩名軍官，也想像不出他們有殺害苫的動機。」我悄聲說。

「會嗎？苫曹長感覺是個很傲慢的人。就算對方是長官，他對新來的人也一樣很嚴厲吧。」

「話是這樣說沒錯，不過，曾根與津路兩人畢竟是長官。就算對苫再怎麼憎恨，也多的是疏遠他的方法，沒必要殺了他。」

「這很難說。右派的士官不是都會負責指派重要幹部，受到重用嗎？他們的角色就像負責監視的年輕軍官，軍官之間的關係就像婆媳一樣。苫曹長可能就是仗著這層關係，沒把曾根中尉放在眼裡。」

勝永的觀察之深，讓我大感詫異。

「那麼，軍醫又該怎麼說？他沒有動機吧？」

「津路軍醫是個相當古怪的人對吧。」勝永的臉上浮現一絲困惑。

「他與苫曹長，可說再也找不到對比這麼鮮明的人了。至於軍醫會有什麼動機，就不是我們能輕易得知的了。」

「就我在鶯春派遣隊向查靶員詢問所知，軍醫留下超額實彈的嫌疑最重……」

「這點很重要。軍醫有不在場證明嗎？」

「命案發生時，軍醫說他自己一人待在醫務室裡，但應該沒人可以證明這點。」

「原來如此，夜班人員也不可能特地去查看這位衛生專家的就寢情況。」勝永因為自己說的這句玩笑話舒展眉眼，神情變得開朗。

「那曾根中尉有不在場證明嗎？」

「隊長當時到臺北出差，所以沒問題。」

「他是幾點去臺北的？」

「他搭了當天下午四點的火車。」

「這麼說來，他五點左右就抵達臺北了。他一個人去嗎？」

「是的。」

「你與曾根中尉聯絡，是打電話到臺北哪個地方？」

「憲兵總長室。但因為當時電話故障，怎麼樣也打不通。」

勝永沉默不語。我也好久沒和像是站在自己這一邊的人交談，胸口感到一陣暖意。勝永站起身，像在對我打氣似地說：

「可以推翻的事，就試著全部推翻吧。」

勝永伍長來過後，有一陣子我充滿希望。但之後希望漸漸變得渺茫。我一直等不到他再次到來，慢慢對他的懈怠懷有恨意，明白仰賴別人根本不會有結果。

正當此時，勝永伍長再度來訪。距離他上次來這裡已經隔了大約半個月。新竹州這種位於臺灣沿岸的地區，頻頻傳出諜報行動，他似乎利用執行任務的閒暇時間為我奔走。我覺得有些後悔，實在不應該怨恨他。

勝永沒察覺我內心複雜的情緒，笑咪咪對我說：

「這幾天我負責的是青路屯機場附近的防諜行動，最近終於告一段落，才獲得大手上尉許可，到臺北來看你。雖然我是針對不可能的目標重新展開調查，倒是有意外的收穫。」

「喔！」我忍不住傾身向前。

「我先從曾根中尉的不在場證明展開調查。看起來最篤定的地方，有時反而是漏洞所在。」

勝永伍長抵達臺北後，前往憲兵總長室，拜訪在那裡任職的野澤中尉。他與這名軍官是大學同窗，和他素來就有交情，他請對方從曾根中尉與總長室聯絡的那一天開始調查。

由於那已經是三個月前的事了，野澤中尉也不記得。但曾根中尉附在信中的派遣隊報告書，印有五月十四日才被受理的印鑑。當時曾根中尉如果受到火車誤點等原因影響，可能在五點半執勤時間結束後才提出報告，報告就可能隔天才被受理。這樣無法證明曾根中尉在十三日當天沒有抵達臺北，但幸好有一名在總長室任職的士官還記得中尉到達的時間。他說是在上午九點左右。

曾根中尉應該是搭了十三日下午四點的火車離開桃園。勝永開始思索，事發的那天下午一直到隔天早上，中尉都在什麼地方、做了什麼事呢？如果他在四點離開桃園，那五點左右就會抵達臺北。那他會是在抵達後，發現對方的勤務時間即將結束，而打消前往的念頭嗎？果真如此，接下來他又在哪裡打發時間？這是問題所在。那天晚上曾根中尉在哪裡過夜，或者說他其實又折返桃園？如果要獲得軍方補助，曾根中尉勢必得接受總長室指示不可。因此在臺北過夜，中尉應該會住在民間旅館，他也不能隨便找個地方過夜。

勝永與野澤中尉道別，前往總部指定旅館的所在地西門，調查該旅館住宿記錄。但他查不到曾根中尉的名字。勝永不知道這位軍官在臺北有哪些認識的人，無從進一步調查。他就此收手，返回總長室，當天晚上在司令部的附屬宿舍過夜。

隔天早上勝永心想：再來只能回桃園，直接當面跟曾根隊長問清楚了。他下定決心趕往臺北車站。但他突然想起一件事，改去車站附近的駐地看看。在那裡他發現一項意外的線索。

在士兵當中，常會有一些以敏銳觀察力而感到自豪的人，這種人在資深士官中尤其多，他們大多擁有過人的記憶力。剛好有一名士兵在駐地，很巧的是，那個人也認識曾根中尉。那名士兵是在憲兵當中常出現的那種態度傲慢的男人，但在事件發生的五月十三日當天，他正好參與臺北車站的警備工作。

「那天是吧。」那名士兵略顯不悅地說。

「我們接獲聯絡，說前往南部視察的某位軍官會搭乘兩點的火車回來，因此展開警備工作。但我們白等了兩點那班火車，五點重新配置，結果那班五點的火車又放我們鴿子。我站在站長室和驗票口中間，一直睜大眼睛看。如果有人走下火車，一定會走向其中一邊。若在五點下車的五、六名軍官中有曾根中尉在，那我不可能會漏看的。而且我們等的那名軍官，最後也沒搭九點半的火車回來。」

勝永大為震驚，問到：

「九點半是北上的末班列車對吧？當時曾根中尉也沒下車嗎？」

「如果他下車的話，我不可能會漏看的。」這名資深憲兵自豪地說。

勝永根本沒心思對這位等級和他完全不同的人產生興趣。曾根中尉在事件當天，竟然沒到臺北來！

如果他沒坐上八點半從桃園發車的末班列車，那表示事件發生的九點多時，他人還在桃園。

為了直接從曾根中尉口中問出這項事實，勝永在回桃園前刻意從車站附近前來看我。我整個人目瞪口呆。隊長為什麼要欺騙派遣隊所有人？但我還是試著謹慎思考這件事。

「隊長也許是利用路過的卡車。從臺北南下的國道會路過桃園街，只要在那裡等待，總能攔到一兩輛卡車。」

「可是，他明明看準火車時間離開軍營，為什麼又要改搭卡車？總之，接下來我會去桃園一趟。」

勝永伍長在我感謝和期待的目送中起身離去。

——之後就根據從勝永那邊聽來的消息，持續追蹤他的行動吧。

勝永那時出差，已經預料到可能會繞去桃園一趟，也事先準備到派遣隊洽公的事項。他與曾根中尉見面，若無其事地閒聊，接著像突然想到什麼似地詢問中尉：

「隊長，您在事發當天，是搭幾點的火車前往臺北？」

「下午天還亮時的火車。所以應該是四點的火車吧。」

「咦？您沒搭上四點的火車吧？」

「哪裡的話，我搭上了。」曾根中尉的表情，就像在怪他亂說話似的。

「我坐上四點那班北上列車的事，津路軍醫也知道。我去車站時，軍醫就站在店鋪前看時刻表。在火車進站前我們都在候車室裡站著聊天。後來我前往月臺，他還為我送行呢。」

勝永相當愕然，他注視著曾根中尉。真的有這種事？果真如此，那是那名資深憲兵騙了他。這不可能。

「不過，如果真是這樣，您五點左右應該就抵達臺北了。但那天臺北車站布署了警備兵，沒人看到隊長您走出五點的那班火車。」

曾根中尉被問得措手不及，顯得略為慌亂。

「其實我因為某個原因，在中途下車了。」

「在哪裡下車？」

「因為我發現就算抵達臺北，那時前往總長室也太晚，所以在前一站萬華下車。」

曾根中尉漲紅了臉。萬華是日本人常去的知名花街。勝永不禁面露苦笑，同時心頭一沉。

「您是幾點去妓院的？」勝永有些猶豫，不知道該怎麼問才好，索性擺出一本正經的表情。

「因為時間還早，我去西門看電影。電影散場後我喝了點酒，是十一點左右才去。」

勝永問了店名，將店家牢牢記在腦海中。他感覺很洩氣。他知道事件發生當天，曾根中尉沒出現在臺北市，但他只有很短暫感到精神振奮。中尉四點坐上火車、十一點去妓院，如果他能證明自己所言不假，那即便這中間有很長一段時間，並且桃園在八點半後就沒有火車了，曾根中尉的不在場證明也能成立。

勝永前往醫務室，津路軍醫剛好在場，他聽了勝永的詢問後頻頻點頭。

「經你這麼一提，確實有這麼回事。隊長的確上了四點的火車，我親眼看到的，不會有錯。不過你為什麼要調查這件事？」

「我想將各種情況都考慮在內。」

「這樣的話，曾根中尉的情況也很可疑。他確實是坐上四點的北上列車，但這些火車不一定全都是北上。他也可以中途折返下車。例如在臺北和桃園中間的橋腳一帶下車，那邊距離這裡約有三十分鐘車程，他可以在四點半下車。而五點半有一班從臺北南下的火車，他只要等一個半小時，就能坐上那班車。這麼一來，他在六點半就能回到這裡。」

「可是，末班列車是八點半左右從這裡出發，要是能證明十一點時他人在萬華，那在九點多的犯案時間，他就不可能在桃園。」

「喔，他人在萬華是嗎？如果是這樣，他就只能向路過的卡車搭便車了。要是他在犯案後趕緊攔下一輛卡車，那只需要一個半小時，就能抵達萬華。」

「也就是說，他利用火車時間，製造出明確的不在場證明。」

勝永錯愕地望著津路軍醫，但突然他表情轉為嚴肅。如果曾根中尉對苫曹長懷有殺意，那他就有可能如此大費周章。

從桃園到臺北的路段，火車是沿淡水溪行駛，萬華在臺北的前一站。不過這段路程如果搭卡車前往，就不會經過一座可跨越到對岸的河橋。車道走的是山路，會先去到臺北，再前往萬華，路線可說與火車正好相反。但如果有人能在九點半左右在桃園攔到車，那確實能在十一點抵達萬華。曾根中尉說他在五點到十一點這段時間，都在西門的鬧街打發時間，這或許是謊言。

這天勝永在桃園過了一夜，他想浸淫在事件發生地的氣氛中好好思考。他很慶幸自己最後跑了這一趟，這不全是因為搜查有了新線索而感到喜悅，而是恆子小姐的身影也駐留在他心中。

他心想既然來到這裡，就必須順道到部隊外打聽。事發當時大家怕惹禍上身，每個人都守口如瓶。但如今風波已過，也許開始有人會提及此事。他認為先到葦田家拜訪是個好方法，想到這裡，勝永便覺得心中像是亮起一盞明燈。

這戶人家的屋柱被比花還美的排錢樹葉遮蔽，幸好恆子小姐在家，她一看到勝永，就開心得像要拉起他的手。她帶著他進入客廳，彷彿要燃燒起來的午後空氣也在猶豫該不該飄進屋內。

勝永朝中案桌上的觀音像鞠了一躬，取下軍刀，擱在一旁的紫檀椅上。他感覺許久沒這種放鬆的感覺。但看見恆子小姐納悶的眼神，他便想起這三個月來，自己在新竹市協助大手上尉查驗苫曹長屍體，遭遇的種種陰沉回憶。這位清秀的少女也被捲入這場難解的事件中，有生以來第一次體驗到如此可怕的經驗。

「小高先生還不能回來嗎？」對恆子小姐來說，這似乎是她唯一的牽掛。

「還沒，要再等一陣子……我正在尋找翻案的證據，但找不到滿意的線索。」

「不過，小高先生不可能殺人。」恆子小姐以無比認真的眼神說。

這時瑤琴端著盛裝水果的盤子走出來，將盤子擺向茶几。瑤琴極力點頭表示同意，她臉上也充滿悲傷之情，深深打動勝永的心。

「我也相信小高軍曹無罪。不過，現在除了找出真正的犯人外，沒有其他方法可以解救小高先生。很遺憾，我目前還沒……」勝永說到一半打住，大吃一驚。因為恆子小姐的臉色倏然發白。

「早知道小高先生會變成這樣，我寧願繼續關在監獄裡。」恆子小姐那雙因為從事吃重衛生班工作而變得無比粗糙的手，遮住她毫無血色的臉龐，整個人趴在膝上。

勝永發覺自己原先想安慰她，卻反而讓她更加恐懼，頓時慌亂起來。

「不過大手上尉也很賣力偵辦，所以不會在證據不充足的情況下做出判決。這點請妳放心。」他急忙說到。

「現在重要的是盡快找出真正的犯人，後來妳有聽到什麼能充當線索的傳聞嗎？」

勝永刻意展現平靜的一面，拿起盤子上一塊切好的木瓜，一口咬下。但這次換瑤琴急了。瑤琴一聽勝永這樣問，就圓著一雙大眼，傾身向前。

「我聽到一個奇怪的傳聞。據說某戶人家在水井裡找到手槍的子彈。」

勝永一驚，不小心將嘴中五、六顆木瓜子吞了下去。

「是哪戶人家？」

「陳家的鄰居。」

「是你們的親戚，先前舉辦喪禮的陳家嗎？妳怎麼會知道？這件事很重要，請仔細一點說。首先是子彈，什麼時候發現的？」

「聽說是曹長死後四、五天的事。」

「喔，這麼早以前。那可能是他們害怕被牽扯進去才都默不作聲嗎？怎麼發現的？」

「聽說那天他們在清理水井。那家人的孩子比陳先生家的少爺更早染上痢疾，不過那孩子保住了一命。他們是最先發生傳染病的人家，所以和陳家一起進行水井消毒。但那家人不懂事，討厭消毒水的藥味，又將水井淘洗過一遍。他們家的孩子在當時撈起的泥巴中，發現摻雜在裡面的子彈，拿它來當玩具。家人看了之後嚇壞了，急忙把子彈拿走藏了起來。」

勝永做了一個深呼吸。

「水井消毒是什麼時候的事？」

「曹長死後兩天。」

「那是五月十五日，是吧？負責進行消毒的，是公所的衛生課對吧？」

「不，是軍醫帶著衛生兵去消毒。」

「什麼！」勝永差點跳起來。

話說命案後的兩天，正是勝永和大手上尉一起到街市執勤的那天。勝永還記得那天他們在隊長室展開調查時，津路少尉曾經露面。少尉那時候好像說，因為發生阿米巴痢疾，他要去附近進行衛生指導。難道是軍醫在消毒時將多餘的手槍子彈丟進井中？

「瑤琴小姐，妳是什麼時候聽說這件事的？是誰告訴妳的？」

「我在兩三天前聽那戶人家的女兒說的。她是我朋友。那時候我們剛好聊到曹長死亡的話題，接著她便一臉擔心向我透露這件事。」

「妳有把這件事告訴部隊裡的人嗎？」

「不，還沒。因為部隊裡的人們都是小高先生的敵人。」

「瑤琴，別這樣說。」恆子小姐提醒。

不過勝永倒是很振奮，他終於有掌握線索的機會，能確認第四把手槍的所在地。恆子小姐邀請他今晚在家裡用飯，他心不在焉地辭謝後便匆匆起身，穿過在已在樹叢中轉暗的庭院，直直朝瑤琴所說的那戶人家走去。

勝永與那家人見了面，也看過水井。他向那家人威脅到：「上面交代你們暫時不准使用井水，但你們還是用了，發現手槍子彈後也沒通報，這些罪行我都不追究，所以你們要毫無保留告訴我一切。要是你們膽敢隱瞞，事後真相被揭穿，我一定不會善罷甘休。」那家人聽了後大感驚恐，把一切全招了，內容與瑤琴說的一致。

勝永問他們發現了幾顆子彈，他們伸手比四，一共四發。接下來他問子彈後來怎麼處理，他們說那是危險物品，帶到埤圳扔了。勝永想要生氣，卻又氣不起來。他掏出手槍，取出子彈讓他們看。他們戰戰兢兢窺望後，直說他們找到的子彈和這些子彈大小一致。他們一再點頭，展現十足把握。勝手的這把九式手槍與六年式手槍口徑相同。勝永吩咐他們：「明天早上我會再來，在那之前你們先做好準備，我們要再淘井一次，找找看還有沒有子彈殘留。」他從那戶人家離開。

勝永回到部隊後，馬上前往隊長室。他原本想跟曾根中尉詢問定額外的子彈來源，看能否從對方身上問出什麼，但現在換津路軍醫成為嫌疑人，勝永於是開門見山說到：

「隊長，您今年三月去過鶯春的派遣隊，進行手槍射擊演習對吧？想請教您當時的事。」

「是實彈定額數的問題對吧？」曾根中尉馬上猜出來。

「您帶去的子彈全都擊發了嗎？」

「當然。」

「你有什麼證據？」

「鶯春派遣隊會留下紀錄吧。」

「可是，聽說那是非公開的演習，所以沒有留下紀錄。」

曾根中尉思索了片刻。

「我忘了我的得分多少，但我的射擊應該全部都有命中槍靶。不是我在吹噓，說到手槍射擊本領，我可是有憲兵水準。只要你去問當時的查靶員，應該就會知道。他數過命中數，即便我沒打中，或者打出啞彈，減分也都很少，這樣查靶員反而容易有印象。如果是像軍醫那樣，有三分之一都沒打中，查靶員反而應該記不住他正確的擊發彈數。」

「軍醫的射擊有那麼糟嗎？還是說他故意射偏彈道？」

「把那種人稱為軍人，也許反而失禮呢。」隊長爽朗地說。

「軍醫有必要保留子彈嗎？」

「唔，我想起一件事。當時射擊場開放，我們受邀前往，但鶯春軍官們的真正目的，是要為四月前往淡水溪對岸山區視察蕃社做準備。事實上，蕃社視察也是藉口，他們真正的目的是要去射殺在那一帶出沒的野猴，我們也受邀參加。實彈演習是對外的說法，我們去是為了鍛鍊到時候上場的槍法，也湊齊射殺猴子的子彈。我們被要求先湊齊子彈，意思是呈報比實際使用還要多的子彈數。那次雖然是軍官演習，還是非記錄不可，不過當時的紀錄與查靶員無關，可以自己編造。我當時拒絕了邀約，不過軍醫感到很稀罕，似乎打算一同前往。」

「後來你們真的去射殺猴子了嗎？」

「不是射殺猴子，是去視察藩社。鷲春那班人好像去了，但軍醫因為病人很多沒空前往。」

如果軍醫沒有參與四月那場射殺野猴子的行動，那麼發生苦曹長那起事件時，他或許還持有超出定額的子彈。勝永向曾根中尉道謝，離開了隊長室，把衛生兵找來。

「奉軍醫指示對農家水井進行消毒的人，就是我。」看起來一臉傻樣的衛生兵，不悅地回答他的提問。

「當時因為我沒理由特別注意軍醫的行動，所以不知道他是否朝水井裡丟了什麼。」

勝永從這位外表散漫、心思卻很縝密的衛生兵身上，發現他恐怕無法問出不利於那名士兵直屬長官的證詞，於是決定在淘完水井後，直接找軍醫問個清楚。他獲得曾根中尉許可，前往葦田家共進晚餐。

恆子小姐和瑤琴都為了他換好衣服，等候他到來。這對穿著素綢布長衫的清秀姊妹讓人想起在這個季節，已經在這戶人家庭院不見蹤跡、記憶中卻仍鮮明的玉蘭花。當三人圍坐在餐桌邊時，葦田家的主人也前來問候，但他陪同喝了一杯茶後，就刻意離席，讓他們幾個年輕人獨處。

雖是葦田家上的是一些家常菜，但有六道之多。向來不喝酒的勝永，很喜歡加了砂糖的鳳腦蟹餅。勝永的胃口很好，覺得能參與這頓和樂融融的晚餐就像在做夢一樣。但最終他們的話題還是自然的轉向苦的事件。

在跟勝永談話中，兩姐妹最感興趣的是火車的詭計。瑤琴還特別提起這個問題。她很贊成津路軍醫的猜測。

「可是……」勝永向瑤琴剖析。

「曾根中尉用火車的詭計為自己製造不在場證明，我認為太過誇張，不是很自然。我早晚都會對中尉在臺北的行蹤進行調查，不過，目前選擇相信中尉的證詞反而比較合理。」

「可是，如果隊長折返回桃園另有目的呢？」瑤琴不肯認輸。

「例如什麼目的？」

「例如在這條街市上玩樂。」

「玩樂……？」

「就是去藍燈啊。」

瑤琴直言不諱，勝永反而大吃一驚。

「可是，如果是去那裡，隨時都能去不是嗎？」

「不，關於這件事。」恆子小姐接話到。「隊長很少去那種地方，因為這樣會無法成為士兵們的表率。他很在意這種事，聽說他總是在出差前或後自己偷偷去。名倉先生和根本先生也說過。」

勝永又是一驚，這種事竟然連恆子小姐也知道，她竟會對士兵們這種生態感到這麼有興趣。不愧是女人，勝永暗自嘆息。

「不過，若真是如此，隊長沒必要大費周章想出火車詭計吧。因為等玩樂結束後，他再搭火車，或者先過夜，隔天一早再搭火車也可以。」

「可是要是在預定時間內，車站剛好有隊上人在，就會有人知道他昨天沒坐上火車。」

瑤琴在一旁點出問題。

「妳的意思是，他四點時先到車站去查看狀況？」

「結果很不巧，軍醫剛好在那裡不是嗎？偏偏他又不能把軍醫趕走。不得已他才坐上火車。」

勝永忍不住笑出來。

「原來如此，曾根隊長也很辛苦呢。接著他被載到橋腳一帶，在那裡等南下火車折返是嗎？然後他再直接前往藍燈？不過重要的是，為什麼他會想潛入妳們家？隊長是在四點前離開部隊，所以他應該不知道苫曹長外出的事。」

瑤琴以同情的眼神看著勝永。

「可是我認為，他有機會知道。」

勝永臉上浮現恍然大悟的表情。

「原來如此！苫曹長那天晚上來這裡前，也去過藍燈，對吧？」

瑤琴很有自信點了點頭。

「我有個朋友在藍燈。聽說那天晚上曹長去找過她……」

勝永想起先前在調查苫曹長足跡時，在靈惠廟後方遇見那名女子的臉龐。

「不過，我那位朋友隔壁房間，有另外一名女人在，有一位年輕軍官去找她。曹長去時，那名軍官已經在那女人房中。聽說曹長待在客廳喝酒，在曹長離開前，那位軍官一直很在意客廳動靜。當曹長離開後，軍官也馬上跟著離開。我大約是十天前在街上遇見那位朋友，聽說這件事。後來我與恆子小姐商量後，兩人決定一起去那名女子的住處找她。」

瑤琴說出這番話，一旁的恆子小姐也頻頻點頭。這兩個女孩以她們的方式，展開了搜查。

「不過，那天晚上出現的那名女子，早在一個月前就已經不住在那間藍燈客，回老家了。」

「那名女子的家在這附近嗎？」

「不，聽說她來自湖頭，不過，詳情應該沒人知道吧？」瑤琴尋求恆子小姐認同。這兩位業餘偵探的調查，似乎走進死胡同。

「那麼，瑤琴小姐的朋友有見過那位軍官嗎？」

「聽說那名軍官進出時，我朋友剛巧都不在客廳，負責招呼的那位阿姨也不太記得了。而且那天晚上剛好停電。知道那名軍官長相的，就只有接待他的那位女子。不過軍官那麼在意曹長，一見到他離開，也馬上跟著走，這件事很奇怪吧？」

瑤琴似乎認為，那位像是曾根中尉的年輕軍官，應該是一路跟蹤苫曹長，來到了葦田家。不用說也知道她和恆子小姐對勝永寄予的期待，那就是找出那名女子，將她帶回桃園，和她確認曾根中尉的長相。

勝永必須進行淘井作業，又得跑一趟鶯春憲兵隊。現在他為了那名女子的事，還要再次去一趟暗孔，萬華的花街也得調查。勝永心想，從明天開始他可有得忙了。他踏上昏暗的道路朝軍營走去，心中感到十分興奮。他在裁縫室的榻榻米上鋪了借來的毛毯，躺了下來，那兩位漂亮姑娘的倩影始終在他腦中縈繞。不久後，勝永也沉入健康的睡眠中。

隔天一早，勝永伍長馬上擬定搜查計畫展開行動。

首先，他前往昨天發現子彈的民宅，他們是一戶以草蓆作為隔間的寒酸農家，和隔壁富裕的陳家完全無法相比。

水井就位於那戶人家屋子旁，那是一口連吊桶也沒附的深井。勝永觀察那家人的汲水情況，他們將麻繩綁在水桶握把，向下垂降到井中，然後稍微拉動繩索，讓水桶沿著水面轉動半圈，再俐落地把水桶拉起。水桶會呈現半倒狀態，一邊被往上提，一邊從桶緣溢出水來。他們的呼吸節奏掌握很好，完全沒有出差錯。不過有時到中途握把會脫手，讓水桶往下掉，或發生意外疏失。淘井的工作足足花了一個小時。

這屋子的主人完全按照勝永指示，很仔細淘挖井底的泥巴，但完全沒找到子彈。勝永這趟來訪是為了找出物證，最後還是白忙一場。不過他得到一個結論：被丟棄在這裡的子彈，只有先前發現的那四顆，而那四顆子彈後來都被丟進埤圳。光是依據這戶屋主提供的證詞，就已經很充分了。

勝永前往寺廟後方，去先前曾經調查過的邱姓人家，拜訪苦的女人。

一位才剛起床、睡眼惺忪的女子來到客廳。她說苦的女人後來改變住處，一個月前她去女子住處拜訪時，女子已不住在那裡。那名女子是在事件發生當晚的兩、三天前來到這間屋子，之後約半個月的時間，她都在同一間屋裡接客，不過苫曹長的女人對她一無所知。

勝永請她找屋裡聽得懂日語的人來。這時一名年輕經理走來，回答他的提問。他說那名女子在這裡工作兩個月，離開時說她要回老家。一開始她來這裡工作時，便說她是來自湖頭，雖然不知道她老家的確切位置，但她應該是回湖頭去了。

這名男子一直說個不停，他說女子五官平平、身材欠佳，是個廣東人，還說屋裡的人都瞧不起她，沒有人搭理她。那名女子姓「KOU」，但這可能是日式的發音，不知道該寫成哪個字才對。

再這樣下去，勝永無法找到有關那名女子下落的線索，他很傷腦筋，他語氣強硬地說：

「你這裡會讓來路不明的女人接客，是嗎？」

男子突然一臉不安，表情轉為認真。

「當時她說自己從很遠的地方來這裡賺錢，我覺得她可憐，才收留她的。」

他極力替自己辯解，頻頻偏頭尋思，好不容易想起什麼。

「有了、有了。我這裡沒有來路不明的人，都會有保證人。她說她在大張林的崁子埔有親戚，一開始她就是從湖頭去那裡投靠親戚。大約有一星期時間，她都是從崁子埔來這裡上班。後來才改住在這裡。」

「是崁子埔的哪戶人家？」

「這我就不清楚了。她的親戚一次也沒來過。」

勝永苦笑。

「就算你不知道那戶人家姓什麼，但好歹記得是做什麼生意的吧？再仔細想想。」

這時，苦的女人幫忙答腔。

「洪先生，她之前去崁子埔時，穿了一件新衣服回來。當時她還說因為賺了點錢，所以做了一套新衣，如果是這樣，對方會不會是做這方面生意的人？」

「裁縫店是嗎？原來如此，妳發現得真是時候。」苦的女人的證詞，確實很像女人才有的觀察點，勝永大感欣喜。

從這裡到大張林，以勝永的腳程只要四十分鐘便能來回一趟。勝永離開暗巷的那戶人家，他那雙與長靴顯得很不搭調的長腿，邁開急促的步伐。

大張林這片沼澤地，是桃園一帶知名的檜葉金髮蘚產地。崁子埔是在它沼澤包圍下的一座小村落，村裡住了許多廣東人。勝永到那裡探訪後，得知那裡只有一家成衣鋪，面向村中大路而建。那家裁縫店與其說是一家寒酸的小店，不如說是一間簡陋的客廳。一名表情嚴肅的中年婦人正在使用火熨斗。

勝永詢問她是否有親戚住在湖頭，婦人露出納悶的神情，回了聲「有」。勝永心中直呼：「這下有望了！」他詢問後得知，這位婦人是老闆，而姓「KOU」的女子曾在她屋裡住過一陣子。

這名裁縫店老闆是很常見的那種廣東人類型，為人勤奮又親切。她端茶招待勝永，根據她所說，她與那名女子的母親素來有交誼，但兩人並非親戚。那名女子名叫顧麗芳，頭腦不太好，而且個性不容易與人親近，很令人傷腦筋。當知道她在福建人家中接客後，這位婦人大為震怒，命令她回湖頭老家。勝永記下女子家的地址，離開了裁縫店。

他回桃園時，離中午還有兩個小時空檔。如果能趕上搭火車時間，或許天黑前就能完成鶯春和萬華兩邊的調查工作。

勝永走向火車站查看時刻表，確認能趕得上中午前最後一班火車。

他在鶯春下車，來到派遣隊，與負責總務的士官以及擔任查靶員的士兵見面。獵殺野猴的事的確屬實。

「曾根中尉認為他在演習時將攜帶的三十發子彈全射完了，你怎麼看？」勝永問當時的查靶員。

「之前桃園那名士官來時，也點出這個問題，後來我想了想，當時曾根中尉的射擊成績非常出色，我看得很專注，所以要是有射偏或啞彈，反而會特別注意。我對他子彈的擊發數量沒特別印象，似乎就能證明他把規定的數量全都射完了。」

勝永頷首。

「那麼，軍醫有沒有可能保留了四、五發子彈？」

「如果他想的話，應該是辦得到。因為您也知道的，當時實際射擊的子彈數目並沒有被記錄。」輔助憲兵抓著平頭回答到。

「從你站的位置，應該看不到射擊者，對吧？」

「沒錯。」

勝永轉頭望向負責總務的士官。

「演習時你在場嗎？」

「在。軍醫射擊時，我也在場看了一陣子。不過要是在一旁看太久，會覺得對他很不好意思。」士官笑到。

「有那麼慘嗎？」

「也不是慘不慘的問題，他根本就是第一次射擊吧？因為他說彈簧出了點狀況，還請曾根中尉幫他檢查彈匣。」

勝永這趟拜訪鶯春派遣隊之行，雖然沒多大斬獲，但也可說是不虛此行。總務士官對苫曹長這件事充滿好奇，而一再提問，讓勝永有點吃不消。但在總務士官的關照下，勝永能夠留在隊上吃午餐，打發下一班北上列車到來前的這段時間。之後勝永再度坐上火車。

津路軍醫有預留手槍子彈，這幾乎能被看成不爭的事實。從邏輯來看，這肯定也證明殺害苫曹長的那顆子彈也包含在其中。如果軍醫多出五顆子彈，那麼殺害曹長的子彈，再加上被丟進井裡的四顆子彈，數字剛好就兜得攏了。不過曾根中尉也並非沒嫌疑。就算他故意將子彈全部射完，也可能在幫軍醫修理彈匣時，偷偷拿走一顆。不習慣用槍的軍醫想必不會發現。而且像曾根中尉這種射擊高手，只要有一顆多出來的子彈，就足以取人性命……。

勝永伍長還是第一次在萬華站下車。這裡原本與大稻埕都算是本島人的街市，現在因為成為內地人光顧的花街而聞名，是士兵們嚮往的地方，勝永也時有所聞。

這裡大白天就能看見繫著紅色佩刀腰帶的高級軍官，帶著跟班滿臉通紅走在街上。勝永抵達這裡後，馬上找出他從曾根中尉口中聽說的那家店。在這種地方勝永的白色臂章令人望而生畏，幸好旅客登記簿上，有記錄曾根中尉在那家店過夜一事。上面記錄了他光顧的時間，以及在這裡花費的帳單。勝永一看就知道，那與曾根中尉提供的證詞相互吻合。

不過，接下來的調查耗費不少時間，而且白白浪費精力。這只是讓勝永更加明白，他在隔了四個月後的現在，根本無法查清曾根中尉五點左右在萬華站下車後，一直到十一點上妓院這段時間在哪裡做了什麼。

他回到桃園部隊時是熄燈前一個小時，他需要向總部的大手上尉大致報告這趟忙碌搜查之行的結果，並借助上尉的智慧。他打算隔天一早離開桃園，先跑一趟湖頭，再回到新竹。於是他決定趁今晚先跟恆子和瑤琴討論，雖然他已疲憊不堪，但還是向曾根隊長知會一聲，前往葦田家。

勝永說出隔天預定行程後，恆子小姐一臉擔憂地對他說，如果可以很希望請求大手上尉讓勝永去完湖頭後，能馬上再到這裡。勝永則回答不管如何，他應該都會帶那位顧姓女子回來。

恆子小姐提及，既然他要順道去一趟湖頭，明天早上剛好會有一輛民間卡車到新竹採購木炭。街上衛生班的人要去州公所領取衛生材料，會搭便車過去，勝永先生可以一起搭乘。恆子說到明天他們出門時如果繞到這裡，會再跟勝永聯絡。這時瑤琴又靈機一動，從恆子小姐房裡拿來一張照片。

「恆子姊，這個讓勝永先生帶去如何？」

勝永仔細一看，發現那是一張六英吋大的照片。照片中擠滿了人，全是桃園派遣隊指揮班的人員，曾根隊長站在中間。她的意思，應該是要勝永把照片拿給湖頭那名女子看，以確認曾根中尉的長相。

「原來如此，真是個好東西。那就借我用吧。」

勝永站起身，拿了脫下來放在一旁的皮帶，恆子小姐用她與生俱來的親切口吻說到：

「下次你來的話，請等到重陽節吧。那天就快到了……。雖然我原本以為小高先生也會在那之前回來。」

IX 地妖

卡車穿過三條磚房街後，路上已經看不到街市的影子。黃綠色的水田中，有一座被番石榴樹林包圍的土地公廟。過了那一帶路面逐漸升高，突然，他們來到一座前後被山谷環繞、美麗如畫的山頂，接著路過一家彷彿會出現在《水滸傳》中的小店。不過隨著卡車駛進臨海的山地，就再也看不到開闊的視野，眼前也不再有賞心悅目的景致。

勝永長時間坐在貨架上，屁股開始發疼，他和同車的衛生班青年也已經沒話題可聊。馬路兩側一路綿延的山崖的熱氣讓眾人沉默，感覺如坐針氈。這時候山間慢慢吹起風，風瞬間在山峽間的道路上發出陰氣沉沉的聲響。突然，卡車某一側視野轉為開闊，開始能看見斜坡的山腳，將部分天空限縮的巨大斜坡也在眼前現身。

勝永從來都沒有在別的地方看過這麼大的斜坡。他感覺像橫向望著一個長長的斜面，如果說這片斜面是山，那怎麼會以如此沒有阻礙的和緩線條，一路往上延伸直達天際？這種斜坡不可能從一開始就存在於地面上，應該是在存在於遠古時期，也許是位於海底。或者，是他誤闖進這片由巨大斜面層層堆疊而成的幾何形迷宮中。和這部車一同行進的眼睛被大自然玩弄著。要抵達這條斜坡的頂端還會有多遠？勝永不經意計算著距離時，那無限大的壓力令他逐漸感到眼花撩亂。

花蓮港那一帶彷彿從海裡長出的長斷崖，以及在高雄州南端、形狀像獅子或大章魚的沿岸丘陵，也曾令勝永留下奇異的印象。但眼前這條平凡無奇的斜坡明明只是被綠意覆蓋，那巨大單調的景象卻充滿非現實的陰森之氣。從新竹到臺北的山間道路，只有這段路令勝永他感到難受。他就像小孩子一樣，害怕途經曾經留下不好回憶的場所。

經過這裡湖頭就不遠了。在被人稱為「風城」的新竹，即使是這處朝西北外海挺出的海角地區，風勢還是數一數二的強勁，整年風吹不止。卡車駛進湖頭町後，或許是不遠處的海上時時有大風捲起渦流的緣故，颼颼的風聲在人們耳際震動。街上的風景原本就已經狠單調，再加上黏膩的風，更讓人產生蕭瑟之感。

勝永在街市入口處下車。湖頭有一座海線的火車站，因此接下來他打算搭火車前往。之前在崁子埔的成衣鋪，曾在小抄上被寫下名字的人：「湖頭庄舊口二番地　顧惠芳」，就是勝永要找的那名女子的母親。舊口二番地是條小巷弄，勝永為了找到顧家，費了好大一番工夫。最後，他在一家昏暗的麻線鋪二樓，找到那位名叫惠芳的中年婦人。

但勝永和她幾乎無法用言語溝通。這時候如果硬要表達意思，動作就會變得特別大，模樣像在吵架。正當勝永打算請鄰居來幫忙時，樓梯正好傳來聲響。一名拎著竹籃的年輕女子走上來。女子的頭髮柔順，氣色不佳的臉龐有一對暗淡無光、宛如黑炭的大眼珠，給人的感覺有點膽小。

「妳是曾經在桃園的邱女士那裡住過的顧麗芳小姐嗎？」

那名女子聽到勝永這樣問，點了點頭，但她顯得很驚訝。勝永為了不讓女子感到害怕，刻意很溫柔地提起五月十三日晚上的那名客人。那是女子剛去娼樓時接待的客人，應該會有印象。但女子似乎遲遲想不起來。

「這件事很重要，希望妳能仔細回想。那是妳去邱女士那裡投靠後，第三天晚上的事。」

「第三天？」

「對。那天上有位年輕軍官去光顧，還記得嗎？」

「軍官？」

「對、對。」

但女子只是照勝永說的話又講了一遍，神情沒什麼變化。她的日語也講得有點古怪，也許就像崁子埔的阿姨說的，她的頭腦不太好。但勝永還是耐著性子等候女子想起。

「軍官，對，光顧……」過了一會兒，女子與其說是想起那天晚上的客人，不如說是想起已經遺忘許久的這些話語般，突然紅著臉說到。

勝永從皮革包裡取出借來的照片，拿給麗芳看。

「這當中有沒有那個人？」

女子端詳許久，最後搖了搖頭。

「沒有嗎？」

她再度望向照片，接著一臉絕望地搖搖頭，看來是怎麼也想不起來。

勝永開始對這名腦袋似乎有缺陷的女子感到失望，但他接著轉念一想，可能是照片裡的臉太小，要她分辨有困難。要是直接讓她和本人見面，會不會就有可能想起來？

「我想拜託麗芳小姐一件事。」勝永充滿熱情地望著女子。

「明天早上我會來接妳，妳可以和我去桃園一趟嗎？等去到那裡見了一個人，妳回想他是否是那天晚上那名軍官，妳的任務就完成了。」

女子一臉困惑的望著勝永，但接著她就像被他的熱情給纏住般，點了點頭。

「妳同意是嗎？不過話說回來，就算妳不同意，我也還是得請妳走一趟。」勝永語帶強硬地說。

「那麼，明天早上我一定會來，那就拜託妳了。」語畢，他朝她點了個頭。

沒想到麗芳這麼率真，感覺真可愛。他從這些無辜的人們身上感受到滿滿的親近感。

這天下午，大手上尉聽完抵達新竹總部的勝永伍長，報告這三天忙碌的調查結果後，沉思了一會開口道：

「如果事發當晚曾根中尉在人在桃園，他要在十一點左右出現在萬華，就只能向路過的卡車搭便車了。必須要找出那輛卡車。」

「不過，這可不容易找啊。」勝永眉宇一沉。

「這當然不簡單，不過，現在除了軍隊或公所相關的工作外，其他人一概不能動用卡車。只要調查汽車運輸、街市公所、通運，以及其他公認的貨運公司，應該就能查出線索。你順便向各地憲兵隊下達指令，要他們也展開調查。你帶那名女子去桃園後，順便調查那一帶的運輸相關業者。」

勝永原本沒注意到這點，頓時恍然大悟。

當晚，大手上尉帶勝永到部隊附近的食堂。勝永才喝了一杯高砂啤酒便沉沉入睡。到了隔天，在湖頭等著他的卻是令他措手不及的意外結果。那天早上有一輛總部的車要開往桃園前方的中鎮，勝永於是搭便車一同前往。卡車載著一行人進入湖頭市鎮後，他看見道路中央停著一輛軍用貨車，一些愛看熱鬧的當地居民圍在一旁，現場人聲鼎沸。勝永跳下車查看，發現兩名士兵被群眾包圍，一臉不知如何是好的表情，頻頻對群眾咆哮。

「喂，怎麼了？」

勝永出聲叫喚後，兩名士兵立刻反射性地立正站好，向他敬禮。這兩人都是別著兩顆星星領章的年輕士兵，似乎是那輛車的駕駛和副駕駛。

「是，因為發生了一起事故……」

年輕士兵得知憲兵來了後，臉色發白地回答。不用他們說，身材高大的勝永一眼便能看到那臺卡車的貨架上方躺著一名女子。勝永大吃一驚，單腳踩在輪胎上，墊起身子往裡面看，忍不住大叫一聲。這名女子正是昨天跟他見過面的顧麗芳。

勝永跨過側板爬上車，把臉湊近，不斷地叫喚她。麗芳睜大眼睛，臉部不斷抽搐，那雙眼睛根本沒看他。她的下腹因為嚴重出血而被染紅，連鋪在底下的被單也積滿桃紅色的鮮血。

「喂，這到底是怎麼回事！」

從未說話這麼粗魯的勝永朝士兵們大吼，但現在他根本沒時間聽這兩名慌亂的士兵說明。

「這附近有醫生嗎？還在磨蹭什麼！」

他狠狠瞪向士兵以及群眾。

圍觀的群眾中有人告知醫院的所在地。那臺貨車看起來才剛抵達此地，引擎還隆隆作響，士兵跳上駕駛座後急忙放下手剎車，就這樣讓傷患和勝永坐在貨架上，往前急轉彎駛向醫院。與勝永同行的憲兵與群眾則跟在後面跑。繞過街角抵達醫院後，被喚來的本島人醫生被人群在後面推著屁股，爬上貨架。

根據那兩名士兵對勝永提問的回答，他們是隸屬於總部運輸大隊的分隊，駐兵在中鎮。他們的貨車從那座能看見斜坡的丘陵下山時，方向盤的齒輪突然失靈，好不容避開來自前方的水牛拖車，卻沒發現走在後面的女子，才一眨眼工夫，女子已經被沉重的車輪撞傷。這兩名士兵是接受速成的駕駛訓練，才剛學會獨自駕車的駕駛兵。五分鐘後，顧麗芳在貨架上斷了氣。

「可惡！啊，麗芳！」勝永不知這股怒火該朝誰發洩才好。他沮喪地回到隊上所屬的貨車，車子再度出發。

貨車爬上山丘，那宛如地妖般的巨大斜坡又出現在眼前。勝永忍不住打了個寒顫。先前他經過那裡時感覺到的不祥預感應驗了。比起失去重大線索的遺憾，那名與他素昧平生的女子之死，更令他感到悲傷。

總部的車通過中鎮，將勝永送回桃園。在這段長程旅途中，勝永始終不發一語，神情茫然地坐在副駕駛座。現在他已經無法從麗芳口中問出證詞，剩下的唯一辦法就是找出那位曾經載曾根中尉去萬華的駕駛，從他口中尋求證詞。勝永試著打起精神，但始終無力振作。麗芳臨死前的模樣、清楚攤在大腿位置的血汙一直在他眼中揮之不去。人為什麼會突然死去，這個疑問緊緊糾纏著他。

勝永在桃園街目送總部的卡車掉頭離去，接著，他前往位於大路上的街市公所，來到車站前的貨運行，四處調查那天晚上在九點到十點上間，是否有車從這座市街開往臺北。但他漸漸產生一股自暴自棄的衝動。他向郵局借了電話，向龜仙莊的通信隊和海岸的飛行隊詢問，但他們都沒留下當天那個時刻的出車記錄。勝永就這樣很機械性地用盡各種方法，可是卻只換來疲憊的結果。他已經沒有力氣去拜訪恆子小姐，就算他去派遣隊也沒有用。勝永抱著一顆筋疲力竭的心，在他眼中整個街市看起來一片白茫茫的。他一路走到桃園火車站等車，天還沒暗就已經回到新竹。

大手上尉現在正投入諜報相關的新工作，變得相當忙碌。他面無表情聆聽勝永不幸的報告後，對麗芳的死不為所動。

「搜查嚴禁悲觀。」大手上尉冷靜地說。「在各地送來對車輛展開的調查報告前，就耐著性子等。一切才正要開始呢。」接著他可能是要排解勝永沮喪的情緒，而命令勝永擔任他目前工作的助手。

大隊總部向屯駐於新竹臺北間的各憲兵隊提出的詢問，三天後都有了答覆。然而，在他們假想的時間——也就是火車通過桃園時汽車發車的時間，根據各地軍隊、政府機關的紀錄、貨運公司的帳本，經調查最終都毫無斬獲。這麼一來，勝永可以說是方法用盡了。

隔天，大手上尉將先前的調查報告歸納整理後，預定搭一早的火車，前往臺北總長室。勝永請球上尉讓他同行。

兩人在新竹站搭上北上列車後，終於在車廂找到空位。勝永請大手上尉就座，自己則在副熱帶悶熱的車廂角落，避開會卡住頭部的網架站立。他的意志很消沉。

他打算去臺北叫被告死了這條心。雖然很難受，但以勝永的個性，不可能就這樣默不作聲地逃避。他在心中嘀咕道：「小高軍曹啊，人在現場的你都無法掌握到線索了，我又怎麼能掌握得到！」

一旁座位上的大手上尉表情嚴肅，不發一語閱讀著愛德華・吉朋著的文庫本《羅馬帝國衰亡史》。[1]他的臉在周遭乘客中特別顯眼。但勝永因為沮喪和睏意而感到昏昏沉沉。（羅馬不是一天造成的，是吧？可惡！）

抵達臺北，他們去到憲兵總長室。大手上尉與人洽談時，勝永獲准與嫌犯會客，他打算坦白說出最後得到的悲觀線索，但終究還是裹足不前。勝永突然改變心意，改繞往軍司令部的運輸課。那裡有一名戴著金屬框眼鏡的臺灣士官總是忙著辦公，是一位帶給人親近感的中年人。

「我可以查一下五月十三日的紀錄嗎？不知道有沒有奉這邊指令，派往桃園的車輛？」

那位士官抬頭望向勝永。

「好像是前天吧，你有位同伴來調查過這件事，不過……真不巧。」

這位親切的士官還是拿出紀錄本。

「五月十三日派車到市外的，就只有雙塘汽車中隊的四輛貨車，是到基隆出任務。」

雙塘位於前往桃園的路上，離臺北很近，只有六、七分鐘的車程，所以沒什麼問題。

「那組車隊的任務是幾點到幾點呢？」

「是下午四點下令，所以應該是在夜間行動。」

這麼一來，車隊或許很晚才會回來。要前往基隆會是從臺北方向前往，與桃園反方向，因此這項行動在回程走的會是通往桃園的路線。有沒有可能是曾根中尉在雙塘附近，遇見從桃園方向來的車？

1 愛德華．吉朋（Edward Gibbon，1737-1794），十八世紀英國歷史學家、議員，年少時受到古典文史哲學與歐陸啟蒙思潮影響，歷經二十餘年完成著名的歷史長篇《羅馬帝國衰亡史》六卷。這部經典之作成為十八世紀史家標竿，讓吉朋獲得「第一個近代歐洲史家」稱號。

根據勝永委託各地憲兵隊處理的調查報告，雖然報告查出了車輛的發車和抵達時間，但無法掌握運輸的中間過程。勝永發覺或許細節就混在這當中，頓時他產生一種死馬當活馬醫的念頭。他向對方道謝後衝出運輸課，返回總長室借了一輛腳踏車。他要前往的地方，當然是雙塘的汽車中隊。火車和巴士都沒有到那裡。

通往雙塘的這條柏油路，勝永騎得滿身大汗，身上的防暑衣後背溼了一片。他滿臉通紅進了營門，站在門邊的衛兵司令吃驚地站起身。勝永將腳踏車寄放在哨所，走向事務室。負責總務的士官聽他詢問後，拿出隊上的日誌備忘錄。

「五月十三日嗎？基隆方面的行動……啊，有了。晚上十一點，所有車輛歸隊。」

「當時負責車輛的駕駛在嗎？」

「今天剛好在進行車輛保養。上午大家都在隊上。」

士官點了四名士兵的名字，派中隊的輪值去叫人。不久，四輛車負責的駕駛一字排開，站在勝永面前。勝永思考片刻後說：

「是這樣的，有一起和你們無關的事件，我想問你們一些問題當作參考。五月十三日，你們前往基隆出任務，回程時從大橋回來路上，有沒有遇見什麼人？」

四人聽他這樣詢問，不約而同互望一眼。當中最為年長、睜著一雙大眼的兵長開口道：

「對，我想起來了。我比大家晚十分鐘左右，在車隊中殿後。我在大橋上與兩輛貨車交會。」

「是民間車輛嗎？」

「是。」

「幾點的事？」

「因為我們是十一點抵達部隊，所以是在十一點前。」

「你比大家晚十分鐘，從橋到這裡大約有四、五分鐘車程，照這樣看來，前面的車輛在那個時間應該已經抵達部隊了，所以遇上那兩輛車的就只有你，對吧？」

「對。」這位鬍渣摻雜白毛，十足老頭樣的兵長點點頭。

跨越淡水河的臺北大橋，相當於穿越從這座首都南下的馬路咽喉。白天人們能看見大屯山這座休火山直逼而來，就像澡堂裡的風景畫一樣。在這座景致迷人的橋上，這名兵長在那晚將近十一點時，遇到兩輛從南方來的貨車。而從大橋到萬華，約需要三、四分鐘車程。曾根中尉如果是九點半左右在桃園攔車，那輛車差不多就是在這時候會通過這裡。但根據新竹州各分隊報告，桃園以南在符合的時間點，都沒有派出任何貨車。照這樣看，這兩輛貨車難道是從桃園以北的地方出發的？

說到桃園以北的地點，下了靈頂山後，不是這一側的鷺寮就是雙塘了。如果貨車是從這些地方發車，就不會有問題。不過既然都來到這裡了，為了謹慎起見還是得調查看看。勝永毅力十足地離開汽車中隊，四處調查雙塘的貨運行和卡車持有者，但都沒有查到出車跡象。勝永還在大熱天下騎著腳踏車前往鷺寮。

在那邊，他查出之前提到那兩輛貨車的其中一輛，那是鷺寮唯一一家貨運行的貨車。五月十三日晚上，車子從附近的銅線工廠，運貨到位於臺北東側松山的電力公司。勝永從當時司機口中得知，貨車途中停了一會，十一點半才抵達松山。

「是不是有另一輛車，和你差不多時間開往臺北？」

「對，我想起來了。」這名日語流暢的臺灣司機回答。

「我正準備開車前往幹道時，那輛車突然從我前面橫越。車子確實是從山上來的。」

「它開往哪裡？」

「我的車在北門前左轉，往基隆的幹道駛去，但那輛車在那一帶往右轉，所以應該是從西門前往萬華、板橋方向。」

「你知道那是哪來的車嗎？」

「我記得貨架後面的板子，是以白漆寫上新竹州。」

當晚從鷺寮和雙塘發車的，就只有這輛卡車，那輛車或許真的來自山的另一頭。但新竹州位於山的對面，那裡應該沒人發車才對。難道真的出現了幽靈貨車？

勝永騎著腳踏車趕回總長室，說完此行收穫後，大手上尉看見勝永那顆頂著平頭的大腦袋仍冒著蒸騰熱氣，連他那嚴肅的表情也忍不住露出微笑。

「我還以為你跑到小高軍曹面前，一副像在守靈般的表情，一直坐著沒走呢。」

「不過聽起來，是一輛來路不明的車呢。看來在調查報告中，提到完全沒出現從桃園以南派出的車輛，這也不能盡信。」

「但也許是非公務用途，而且冊子上沒記錄的車輛。」

「幽靈卡車是嗎？」

「當時部隊曾經緝查私賣到州外的米糧，也許那輛車就是暗中運送米糧的車子。曾根中尉偶然查出這件事，但他也正好需要暗中行動，就沒處罰他們。而車子持有者也不能如實提報當時運送的事，才掩蓋了曾根中尉的行蹤。」

「原來如此，如果說曾根中尉的運勢過人，從這樣的僥倖中得利，那一切就說得通了。但很遺憾的，我們沒有證據。如果只能提出疑似有輛民間卡車越過州境山嶺，那也無法據此收押曾根隊長。」

「不，你的調查相當有用。我原本打算回新竹等你，但接下來我們就順道去一趟桃園吧。」

抵達桃園後，大手上尉叫勝永帶他去苫的女人所在的藍燈，當時已是日暮時分，寺廟巨大的暗影籠罩著那凌亂的地帶。

大手上尉攔住苫的女人，與她攀談一會，接著他說：「我們待會再過來喝啤酒」，便催促勝永離開了。

來到派遣隊後，士兵們幾乎都已經結束各自行動返回軍營，但曾根隊長和和津路軍醫都外出和駐地官員們應酬去了，不在營內。隊長室裡，酒井伍長和筈見兵長弄來一個象棋棋盤，頻頻挪動碩大的棋子，不知道什麼時候才學得會下象棋。而被指派從事副官業務的織田伍長，則坐在辦公桌前，一臉無趣地看他們下棋。最早發現總部長官到來的人急忙發出號令，他們這才猛然像醒來般，紛紛立正站好。

「好了好了，你們繼續下吧。」大手上尉解下綠色的佩刀腰帶。

「對了，酒井伍長，苫曹長被殺害那晚，你有不在場證明嗎？」

「啊？」這位中年的伍長雙目圓睜。

「也就是說，除了隊長、苫、小高、名倉這四人外，有人能證明你們每個人當時都在軍營裡嗎？」這位搜查官笑咪咪的，用不同方式說了一遍。

「我們這些在士官室醒著沒睡的人，能互相證明。至於已經就寢的人，小高軍曹另當別論，可以相信夜班人員的證詞。另外，衛生兵那天晚上外出，一直到九點才回來。」酒井不愧是老兵，回答得有條有理，接著他命令箬見將當晚值勤的夜班人員和衛生兵找來。

「衛生兵是一直到快熄燈了，才走進營門，對吧？」大手上尉望著站在他面前的衛生兵，表情就像強忍不笑地問到。

「當時你有馬上向軍醫報告你回營嗎？」

「沒有，因為我直接從營門前往士官室。」這名眉尾下垂一臉憨樣的衛生兵，很認真回答。

兩名年輕的輔助兵也在一旁立正站好。

「當時夜班人員沒走進醫務室嗎？」

「是的。我們從醫務室前經過……」

「你們為什麼沒進去看？」

「因為軍醫好像醒著沒睡。」

「你怎麼知道？醫務室窗戶開著嗎？」

「窗戶關著，但室內點著蠟燭。」

「都那麼晚了，他在做什麼？」

衛生兵代為回答：

「晚餐前，軍醫用顯微鏡檢查井水裡含有的物質，所以應該是在整理資料吧？」

「苦被殺害時，沒人遇見過軍醫吧？」大手上尉自言自語到。

「軍醫這個人，對身邊的事物都處理得井井有條嗎？」

衛生兵露出為難的神情。

「配給的手槍子彈，他都怎麼保管？」

「子彈是嗎？軍醫都是放在彈藥盒裡，收進抽屜。」

大手上尉與勝永命士兵退下後，前往醫務室，讓織田伍長在一旁陪同進行檢查。彈藥盒就擺在桌子抽屜。抽屜裡只放了一些簡單的醫藥用品和實驗道具，但三十顆實彈一顆都沒有少。而吊在牆上槍套的手槍裡也沒填裝子彈。勝永在檢查時，大手上尉坐在一旁的皮椅展開沉思。這時，津路軍醫踩著疲憊的步履走進。

軍醫取下頭盔，向這位來自總部的軍官問候，同時以憂鬱的眼神望向被拉出來擺在桌上的抽屜，以及放在一旁的手槍。

「軍醫，你向來都將裝了子彈的彈藥盒，放在桌子抽屜裡嗎？」大手上尉若無其事地問。

「對。」軍醫心不在焉地回答。

「你抽屜都不上鎖的嗎？」

軍醫就像被逼入絕境般，臉上露出苦笑。

「今年三月，你在鶯春進行手槍射擊演習時，你多留了幾顆子彈，對吧？」大手上尉開門見山說到。

「你為什麼要這麼做？」

「當初我是受邀去獵殺野猴。鶯春的軍官叫我要先把子彈數湊齊。」

「總而言之，苫曹長被殺害時，你手中持有超出配額數的子彈。而且只有你……你超出配額的子彈有幾顆？」

「四顆……。」軍醫想了一會後回答。

「那四顆子彈跑到哪裡去了？」

「事件發生後，我丟進前往消毒的那戶民宅水井裡。」軍醫回答的語氣倒是出奇的平靜。

「你為什麼要這麼做？」

「因為前一天，小高軍曹在檢查士兵們持有的槍枝和子彈。於是我心想，你們來了之後，一定也會檢查我的子彈數量。」

「你擔心被查出子彈超出配額數後，會被視為嫌疑犯？」

「這也是原因之一。不過，我其實是不想讓人知道我保留子彈的事。為了獵殺野猴所做的這個小動作，要是從我口中洩露出去，會給鶯春的軍官們添麻煩。」

「你多出的子彈確實是四顆，沒錯嗎？」

「沒錯。」

「有沒有誰從你抽屜偷走子彈，留下痕跡？」

「這個嗎……沒有。而且子彈數量也沒有少。」津路軍醫露出思索的眼神，如此回答。

「是嗎？這樣的話，射殺苫曹長的子彈，不是來自這個彈藥盒囉？如果除了你丟在井裡的那四顆子彈外，還能有一顆，也就是你一共保留了五顆子彈，那可就方便多了。」

但軍醫以有氣無力的冰冷聲音回到：「確實只有四顆。」

大手上尉露出一副失望的表情，與勝永互望一眼。

悶熱的夜晚來臨。大手上尉邀請剛回到隊上的曾根中尉，前往燈火管制中的昏暗街上。

他們信步走向那座朝夜空挺出黑漆漆屋頂雙翼的寺廟。

「我們到廟後面好好喝一杯吧。我明明常來桃園，卻不知道藍燈這個地方。」大手上尉笑著說。

同行的人加上勝永一共有三人。他們推開苫的女人的家中大門，在客廳坐下，點了啤酒。像是這種人家，也很歡迎不買春只喝酒的客人，並將他們稱之為「點空」。

大手上尉擺出手持酒杯的姿勢，若無其事展開訊問。

「曾根老弟。你之前也來過這戶人家對吧？」

曾根中尉驚訝的抬起頭。不過隨著聽者的心態不同，大手上尉的問話，也能當作是無關緊要的詢問。

「苫被殺害的那一晚。」搜查官接著往下說。

「他前往葦田家之前，順道來過這裡。當時有位年輕的軍官早他一步抵達。苫則是像現在的我們一樣，在這個客廳喝酒。對了，至於那個男人，則是在前面那間房間。」

大手上尉抬起酒杯，指向裡頭的房間。這動作就像暗號般，遮蔽那個房間的布幕被揮開，苫的女人大剌剌走進客廳。這位化了妝的女子，姿態散發著一股與剛才截然不同的香豔，但她卻一臉激動地昂然站立，伸手指向曾根中尉。

「那天晚上的軍官就是他！」

曾根中尉猛然一驚，臀部微微離開椅子，接著又重重坐下。他完全陷入大手上尉安排的這齣戲。

「你雖然坐上四點北上的火車，但途中你卻改搭南下火車，又折返回桃園。當然了，你想玩樂，我不怪你。但你在這戶人家看到苫曹長。當苫離去時，你立即尾隨他。」

「不，不是這樣！」曾根中尉大喊。

「我來到這裡之前，情況確實就像您所說的。但這時碰巧苫曹長也來了，他就坐在這個客廳裡，這真的讓當時的我傷透腦筋。我想離開這裡，趕著去坐八點半的火車。但苫遲遲不走，偏偏我又不想讓苫看到我，這讓我非常焦急。」此刻曾根中尉似乎也一樣焦急，他將啤酒一飲而盡。

「因為裡頭的小房間沒有通往後門的通道，不管要去哪裡，都得先經過客廳。過沒多久，已經到了火車到站的時刻。苫好不容易起身離開，我也急忙飛奔出去。我直街朝車站而去，心裡想火車多少都會誤點，搞不好趕得上。我才不是要尾隨苫呢！但當我抵達車站時，末班列車早就已經駛離。」曾根中尉的喉嚨好像相當乾渴難受，連連要女子替他倒酒。

「之後我來到臺北幹道上，一直很焦躁不安，終於攔下一輛路過的卡車。之前整整一個小時，我都在黑暗中原地踱步。就是在那時候發生了那起命案，但我真的什麼都不知道。」

「為什麼你那麼想去臺北？」

面對這個提問，曾根中尉略顯躊躇，最後還是拿定主意開口說：

「這裡的女人太無趣了。所以我才打算去萬華過夜。」

酒意漸濃的曾根中尉，那張泛油的臉散發著情欲的亮光。勝永接受這樣的答覆。

「原來如此。」沒想到大手上尉也很乾脆地接受他的說法，站起身來。

「為了避免趕不上火車，我看我們也該告辭了吧？勝永伍長，還來得及搭南下的火車嗎？」

大手上尉面露苦笑，催促勝永動身，他打算直接返回新竹。雖然他說不用送了，但也不知道曾根中尉是否有聽見他的話。事實上中尉也忘了出言挽留，就這樣坐在原地不動。

幸好，大手上尉和他的部下趕上有空位的火車，兩人迎面而坐。

從車窗外飛進來的大飛蛾與橫衝直撞的蜻蜓振動著羽翅，鎖定天花板昏黃的燈光，彷彿噴射出黃綠色的光芒。蝗蟲與大蟑螂斜斜地從狹小的車廂橫越，在座位底下四處爬行。這列副熱帶的夜間火車，呈現出意想不到的昆蟲館奇觀。

大手上尉倚向敞開的車窗，讓酒後發燙的臉頰享受晚風吹拂。接著他對勝永說：

「這下子就有三個人缺少不在場證明了：曾根隊長、津路軍醫、小高軍曹。再加上被害人，這些人全都是派遣隊的高級幹部。」

勝永正好也在想同一件事。

「犯人是他們當中的哪一個呢？」

「目前還是小高最有嫌疑。曾根中尉和津路軍醫就算有可疑之處，但為什麼他們能在宛如密室般的命案現場出入，這是個問題。在庭院裡小高人就在被害人身旁，如果兇手在這麼近的距離，小高至少也會發現。而案發之前，恆子一直在客廳。假設有人趁恆子從客廳跑到護龍房間的這段空檔，闖入客廳，他又是如何狙擊被厚重大門阻隔在屋外的人？這同樣是個疑問。而且除了那扇門外，整棟建築的出入口，全部都從內部上鎖。也就是說，只要不能打破這個密室般的條件，小高的嫌疑就無法被消除。」

「可是，如果小高軍曹是犯人，奇怪的是軍曹在打昏名倉同時也聽到槍響，名倉也聽到了。打人和開槍是無法同時進行的，因為軍曹在動手打人時，手槍的保險還沒解除吧。而且犯案用的實彈，應該是津路軍醫刻意保留的子彈？」

「沒錯。軍醫雖然沒說，但除了丟在井裡的那四顆子彈，應該還有一顆。從今天調查的結果得知，如果是小高，那他有機會輕鬆取得那顆子彈。」

「這對曾根中尉而言也一樣。如果起訴小高軍曹，我們也應該正式要求曾根中尉和津路軍醫解釋清楚。」勝永轉為略帶抗議的語氣。

「司令部要的未必是一個罪證確鑿的犯人。他們只會追究軍紀法規。」大手上尉略帶自嘲地說。

這句話令勝永打了個寒顫。

X 玉蘭花的恐懼

之後又過了十天，令我引頸期盼的勝永終於到來。他告訴我之前的經過後便離去，接著又過了重陽節跟中秋節。

讓我感到眼前一片黑暗的絕望再度揪住我的心，我覺得自己思考能力減退的情形比之前更嚴重了，腦中不時會浮現不間斷的幻影，那幻影透明地滲入我眼中，化為片段的桃園景物。我彷彿收到土地公邀約，那令人悲傷的祝福深深將我的心拉向異鄉的街市。是否神兵善鬼就像混進空氣中的相思樹花粉，以歡樂的熱病，像強酸一般融解我的心？

多麼令人悲傷的祝福！我是何等鍾愛那宛如沉睡般寧靜的市鎮。就在一年前，派遣隊第一次來到這座市鎮時，我與隊上士兵有一股疏離感，信步走在寺廟一帶。

在那裡，我日常生活中所需要的一切都一應俱全，但全都是在目前狀況下我不需要的。或許我只是個鬼魂，一臉迷醉地遊蕩在過去愉悅的日子裡：傳出包種茶香的茶鋪、有一半剝落的金色招牌、時鐘店的牆上有許多掛鐘，鐘上的時間分別停在不同時刻。（醉吧、醉吧。不管發生什麼都醉得不省人事。沒有人能擺脫時間的束縛……）記憶中模糊出現波特萊爾的詩句。

我尤其喜歡的，是連隊上士兵們都覺得很稀奇的小巷棺材店。那裡打造的棺材像木頭刨出的船隻般，以牢固且講究的木工製成。棺材上還有附上雕刻的沉重棺蓋，如同覆蓋女媧那尊貴屍身的棺材。身穿華服的死者會被放在鮮豔的棺材裡，在露天狀態下，被擺在風景像龜仙莊丘陵一樣美的墓地。如果死者是年輕姑娘，那她會和身上的壽衣以及鮮花製成的花簪一起腐朽。

我夢見了這樣的棺材，不過那是在我周遭情況變得更加緊迫後才出現的情況。當時格魯曼的艦載機編隊[1]從西海岸入侵，在桃園街周為投射穿甲彈，砲彈如雨點般落下。派遣隊已改換編制與其他小隊輪替，隊長和軍醫也因為苫那起事件被追究責任，受到總部召回。但輪替的士兵在機場負責警備時，有人不幸傷亡。我雖然很關心恆子小姐和瑤琴的安危，但苫無聯絡辦法。勝永也忙著進行防諜活動，幾乎沒來看我了，他現在根本顧不了我，總部所在的新竹市也受到重創。

臺北雖然沒傳出什麼嚴重災情，但基隆的礦坑區失火，連夜大火薰天，可見現在這裡腹背受敵。

我也被派去增設防空濠，因為如此，苫那起事件的審判被暫時擱置。但我可能因為不

1 格魯曼航太公司為美國主要航太器製造商之一。二戰時期，格魯曼為美國海軍製造艦載戰鬥機，主要配備於航空母艦上，並參與了一九四三年後的太平洋戰爭中幾乎所有的重要空戰。

習慣這種粗重活，染上了瘧疾，臥病在床。歲末時我的病情惡化，被送往陸軍醫院，當時我已分不清自己是在夢中還是在現實。某個晚上我睡得特別舒服，而睜眼醒來。

我發現自己被放進一口豪華棺材裡，和桃園那條小巷裡打造的棺材一模一樣。棺材底部鋪滿了香氣濃郁的玉蘭花，躺起來無比鬆軟。恆子小姐在一旁幫我調整枕頭的位置。我想起自己可能是在漢人誇張儀式的包圍下，一步步走向死亡，便忍不住嘴角輕揚。但現實中我是被送往醫院，護士親手餵我服下帶有香氣的甦醒藥，讓我醒過來。

接下來幾個月時間，我一直在鬼門關前徘徊。在瘧疾患者當中，據說每一百人就會有一人發瘋。那肯定是因為在高燒下看到極具震撼性的可怕幻影。持續高燒四十度以上是極端的體力消耗，隨著如同爛醉般發冷的症狀，我持續看到恐怖的幻影。有一段時間，我都過著兩種不同的生活，也從中多少感受到一點樂趣。不，躺在醫院病床上的我，似乎有時還會停止呼吸；但另一個我卻活潑地到處亂竄，感受著與常人相同的不安、焦慮以及期待。

我時常夢見馬來亞戰役。

當時攻陷新加坡時，位階依然是軍曹的苫和我同屬戰車隊。我比他晚一步，在日落後率領物資調度班一個分隊進城。儘管砲聲早已停止，但在夢境中烈火依然遮蔽天空，染紅都市的殘骸。

從命令中解放的士兵們，反過來被內心欲望驅使，趕往了某個地點。他們就像遺忘通電鐵絲網和地雷區的危險般，表現出某種情緒奔湧的眼神。我已經不是指揮者，任由他們帶領我走。我們的卡車抵達B地，那是一處位於高地的地點。但車燈照出眼前的慘狀卻令人不忍卒睹。

那裡有四、五名年輕的華僑姑娘，癱坐在地上痛苦地扭曲著，朝昏暗的地面嘔吐。這些姑娘們被帶往已經禁慾一個多月的士兵們面前，從她們的服裝和長相來看，似乎都還是未婚的閨女。和我一起抵達那邊的士兵們目瞪口呆，沒人動手。那景象連他們看了也不禁皺眉。

「竟然做出這麼過分的事。」一名士兵如此說，以手電筒照向前方，只見又有一名年輕姑娘倒在亮光中。那姑娘頂著一頭亂髮，正張口狂嘔。一看到她，我心頭一震。因為那張臉是恆子小姐的臉，同時也是我年少時代曾經愛過的一名少女的臉龐，我喜歡的精靈。

那名少女的身旁的亮光，映照出一名正在穿軍褲的男子。男子面向我，嘴角輕揚，露出愉悅的笑容。「如何，這樣你就沒轍了吧？你又慢了一步。」苫軍曹語帶嘲諷對我說。我內心湧上一股不曾從任何敵兵身上感受到、幾欲令人暈眩的怒火，我不自主伸手搭向腰間的手槍……這是夢，同時也是事實……

不久，我在夢中臨終的時刻到來。從天際降下一道光束，落向躺在棺材中的我身上。

我坐起身開始順著那道光束往上爬，不久，那道光化為一條潔淨的道路，近乎筆直地朝天上而去，但路卻相當平坦好走。

道路前方有個像花園的地方，那裡聚集了許多人，我全都認識。隨著我一步步走近，眼前呈現出一片絢爛的景致，如同貝諾佐．戈佐利[2]描繪的天國一般。面對這恐懼與感激的混淆，我雙手緊緊合掌，一邊前進，一邊大聲喊出我心中的祈願。每個人都朝著我笑。要是就能這樣抵達那裡，讓黎明時的病床只留下冰冷的草蓆，反而是一種幸福吧。

我從夢中醒來，既沒有死，也沒有瘋，病情也在不知不覺間好轉。照顧我的護士描述我當時的情況，說我躺在床上睜開眼睛，注視著眼前的空間，雙手緊緊合掌，不知道在高聲喊叫什麼。護士以為我是在唱歌。當時我那張緊繃的臉看起來無比駭人，就連常照顧發高燒意識不清與瀕臨死亡的患者，對此早已司空見慣的她也不敢直視我。

不知不覺間又過了新年。不久，冬天的雨季結束了，副熱帶的太陽在環繞這座都市的大屯山和七星山頂。綻放璀璨金光的季節再度到來。但即便別人告訴我，我保住了一命，我也一點都不感到開心。我貧血的症狀不時會發作。某天當我醒來時，我發現津路軍醫在我床邊，我嚇了一跳。

「戰爭真是討厭。」軍醫從病歷表移開視線，以他無精打采的聲音說到。他說約莫一個月前，他志願轉調到軍醫院。

「昨天我從赤望分院轉來這裡。赤望位於溪谷上，是個景致很棒的地方，不過那裡有滿坑滿谷的士兵，就像成群的蜘蛛一樣。我負責打林格式液和打石膏。」

「曾根中尉和其他人現在過得怎樣？」我以虛弱的聲音問。能見到熟人，我感到很懷念。

「曾根中尉應該還在新竹總部。大手上尉聽說出差到南部鳳山去了，勝永也一起去。」

「葦田一家都平安吧？」

津路軍醫莞爾一笑。

「桃園沒什麼災情。恆子小姐和瑤琴小姐也都平安無事。日後我會幫你聯絡她們。倒是日本本土很吃緊呢。東京在B29轟炸下，幾乎化為斷垣殘壁。」

「這樣啊。」

不過，我連為戰爭的災情感到戰慄的力氣都沒剩下了，反而有一股陰暗的絕望壓向我胸口。

2 貝諾佐．戈佐利（Benozzo Gozzoli，1421-1497），義大利佛羅倫斯的文藝復興時期畫家。他最著名的作品為美第奇里卡迪宮（Palazzo Medici Riccardi）的賢士小聖堂的《三王來朝》系列壁畫。

五月後某天，津路軍醫走進我病房。

「今天我遇見憲兵隊的士兵，聽他說大手上尉就快從南部回來了。你有沒有什麼想說的？」

這段話意謂著審判的日子近了。我不自主凝望軍醫臉龐，最後還是絕望地搖搖頭。我幾乎已經完全康復，苫的事件至今已過了一年。五月中時我接獲通知，說我即將被交付軍法審判，我已做好心理準備，到時候我會以重大嫌疑人身分被送上審問庭。但我似乎毫不在乎。身為一個曾在鬼門關前走過一遭的人，我以可憐輕鬆的心境，庸庸碌碌地過著日子。關於苫那起事件的嫌疑，儘管我有必要為自己找尋活路，這段時間我只感到莫名輕鬆，什麼事也不去細想，就這樣浪擲光陰。

那天晚上卻不太一樣。那天我從津路軍醫那邊聽到大手上尉的消息後，第一次接受灑爾佛散[3]注射治療瘧疾。過了一會，我突然感到胸悶作嘔。我強忍下來，緊接著卻感受到胸口一帶傳來陣陣刺痛，接著我腦中逐漸浮現玉蘭花的白色幻影。

當我在桃園一開始看到這種花的幻影時，總會伴隨著對花的恐懼與胸部的疼痛感。在那座種滿樹的幽暗庭院中，恆子小姐將我誤認成苫曹長，突然以槍抵著我胸口。我雖然穿著防彈背心，但對它防彈的功效沒有絕對把握。我的生命就如同掌握在恆子小姐手中。那一瞬間的恐懼，肯定殘留在心底。

死亡的恐懼與胸口的疼痛有實質的關聯。但玉蘭花和它們又有什麼關係？我發現雖然說那是幻覺，但過去一直沒有深入懷疑這點，這實在是嚴重疏忽。不，那真的是幻覺嗎？不對。雖然只是短暫一瞬間，但我的記憶應該值得相信。我確實看到那朵花，就在客廳前方的黑暗中！

我的身高幾乎與苫一樣，當我假冒他擋在恆子小姐前面時，恆子小姐的臉彷彿化為花精靈般，我看見玉蘭花突然朝我湊近，接著又突然消失。當時身處在什麼都看不見的黑暗中，我反而認定那是幻覺，將它藏在記憶的盲點中。

但那朵花不是幻影，是真正存在的花，否則就是我瘋了。可是即使我這麼說，又有誰會相信？人的眼睛如果沒有光，就什麼都看不見。如果在黑暗中能清楚看見一朵花的樣貌，倘若那種不可思議的現象是事實，對這起事件又會帶來多大影響？

不，如果這種不可能發生的事真的存在，或許會與整起事件的謎團有很深的關聯。而

3 灑爾佛散（Salvarsan），又被稱作砷凡納明、胂凡納明，是第一種有效治療梅毒的有機砷化合物，又用於治療昏睡病。

我確實是看到了。

那天晚上，我躺在床上完全無法入睡，一直思考這個問題。我的腦袋微微發熱，有時會感到恐懼，擔心我會不會就此發瘋。當拂曉的顏色開始在病房大樓的窗戶上泛白時，我終於歸納出一個想法。那時我長期生病，變得虛弱的心臟噗通噗通直跳，幾乎快要爆開來了。但在我安排好步驟並將這個想法付諸執行前，我絕對不能死。

清晨到來時，我寫了一封信。信封上寫著「新竹州桃園街長佳七番地　葦田恆子」，一個熟悉的人名。我打算請住在命案現場的恆子小姐做個小實驗，並將方法全都寫在信中。為了躲避查信，我決定請一位認識的護士暗中幫我寄出。

我祈禱這封信能平安交到恆子小姐手中。她是個聰明人，一定會照我的指示辦事。如果說我想做什麼，那就是親自去桃園展開調查。但對現在的我來說，這是不可能被答應的要求。倘若有人問說我想要什麼，我會希望再去一次桃園。我想再拜訪如同存在於古老中國暗影中的葦田家，現在也正是玉蘭花盛開的時節。

如今回想，在那香氣高雅的花朵下，竟然會發生如此怪異的事件，有誰想像得到呢？我現在希望以這種花當線索來拯救我自己。我心急如焚，引頸期盼恆子小姐的回信……。

第二部

個人權利

有義園事件補記

一九四五年十月・臺北

I 一 提燈與火金姑

小高軍曹的紀錄中斷了，十分可惜。不過要不是紀錄中斷，我大概也無從得知他記下的內容，也一定不會想接著往下寫。

這段紀錄，是以小字寫在約幾百張厚的大學筆記本裡，如果在取得後沒有好好維護，恐怕會因為汙損而無法閱讀。儘管如此，我在文字判讀上還是吃了一番苦頭。我推測小高是在監禁時被送往軍醫院，從病情開始恢復的三月起，一直到五月大空襲的前一天為止，他都持續在記錄。

那天，臺北市遭到B29的猛烈轟炸。炸彈準確命中南門地軍司令部，主大樓瞬間化為廢墟，而不遠處的陸軍醫院也遭到轟炸。我躲在危險的濠溝裡，幸好保住一命，但躲在貓耳洞式個人壕溝裡的小高，卻被落在前方道路上的炸彈炸起的沙土活埋。

一開始我不知道這件事，是當解除空襲的警報聲響起後，我走出濠溝，才開始四處尋找平時由我照顧被當成患者看待的小高。但我奉命得和司令部聯絡，在擁擠的醫院裡，我請一名衛生兵當忙找尋他的下落，人便外出了。

回程途中我來到大路上，昔日在這座都市周圍被人們當作首都標誌的總督府鐘樓，就像慘遭雷劈般，外觀滿是觸目驚心的損傷，朝著煙薰渾濁的天空聳立，這幕景象令人感到震撼。鐘樓底下的街道，在垂落無數氣根的榕樹下，一頭黃牛被爆風炸開肚子一命嗚呼。圖書館的大火仍未被撲滅，書本被焚燒的黑煙不斷從窗戶竄出。

我匆匆路過那條零亂倒錯的街道，返回醫院。這時剛好有人從土裡挖出小高軍曹全身癱軟的屍體，我望著這位斷氣的男子，心中夾帶複雜的感情。就是在那時我悄悄抽出他塞在衣服口袋裡的筆記。

翌日，我被派往臺中的醫院聯絡一些事項，隔了一天在返回臺北途中，我順道去了桃園。但我實在不忍心將小高的死訊，告訴他所深愛的這座市鎮的人們。

小高死後十天左右，恆子小姐寄到軍醫院，要給小高的那封信寄達了。我也一併保管那封信。打開粉紅色的信封，裡頭是印有花朵圖案的信紙，充滿了少女的風情。信中內容如下：

——小高軍曹，好久不見。看了您的來信後，我心中備感懷念。您不知道我是多麼期盼您歸來的這天到來。一直不知道您後來的情況，真教人擔心。

事發當時的士兵們，現在已經全都不在桃園了，勝永先生也只有在去年歲末捎來一封信，便沒再來過。我今年上過臺北兩次，當時順道去了軍方司令部一趟，但我不知道您人在哪裡。就算知道，他們也不會讓我和您會面。

從信中得知您生病的事，真的讓我很吃驚。但您現在已經康復，不久後我一定會去探望您。聽說四天前那場空襲，炸彈落在軍醫院旁。不過那和您信上的郵戳是同一天，聽到您一切安好，我就放心了。今年我們這邊只有車站前的倉庫被炸毀，沒傳出什麼嚴重的災情，您喜歡的廟宇以及我們都平安無事，敬請放心。

我家庭院的玉蘭花現在已經綻放。一看到這種花，就想起一年前那起可怕的事件，心情轉為鬱悶。現在已經沒有士兵來看這種花。學校裡一樣有輪替的士兵，但家父自從那件事之後，便不太喜歡與他們往來。而且最近街上出現一些行徑蠻橫的士兵，我家庭院也加裝了木門，這座庭院變得冷清許多。

不過，小高先生很喜歡玉蘭花，對吧？您還記得我第一次告訴您花名的情況嗎？當時我姊姊剛好帶著才剛學會走路的兒子回娘家，所以是去年清明節玉蘭花剛開花的時候。我們到龜仙莊掃墓，回來後您剛好也來了。

我從玻璃盒中取出中案桌上的觀音媽，上香供茶，同時也供上玉蘭花。我姊姊的孩子馬上就和您打成一片，您還記得他嗎？他抓著您的膝蓋，想將玉蘭花放進你衣服口袋，對吧？當時我還告訴您，我們習慣將這種花放進衣袖裡代替香包，或是插在頭髮上。

我現在每天仍會向觀音媽供上玉蘭花，祈求小高先生能早日證明清白。不過，看到您在信中突然提到玉蘭花，我真的很驚訝。

您說當時在客廳前確實看到玉蘭花，是嗎？經您這麼一提，那天晚上我確實是以玉蘭花當花簪。但是在那樣昏暗的天色下，您為什麼看得到花簪呢？火金姑不會往有人的方向靠近，要是有火金姑飛過來，我馬上就會知道。照這麼說可能如同您想的，是平時不會被發現的細微光線從客廳那扇厚實的門中外洩，光線剛好橫越我插在頭髮上的花簪吧。

您還提到，當時調查由於有先入為主的觀念，認定兇手是在庭院開槍，因此客廳那扇門成了搜查班的調查盲點。我按照您的吩咐仔細檢查那扇門，發現那扇門在相當於我肩膀高度的位置，有一個小孔。在老舊的厚實門板上，有個小小的節眼脫落。但我不認為這樣的小洞能用來犯案。

我找來瑤琴，讓她看這封信，並和她一起討論。

「瑤琴，如果犯人是透過門上這個洞從客廳開槍，那就能證明在庭院中的人不是犯人，小高先生就沒有嫌疑了。可是，兇手有辦法從這麼小的洞開槍嗎？」

瑤琴很仔細地檢查那個節孔。

「憲兵持有的手槍，槍身是方形的吧？倘若如此，那槍頭進不了這個節孔。不過要是槍口抵著洞口這一側開槍，這個寬度倒是足以讓子彈通過。在這種情況下，被害人站立的位置是個問題。如果從門內開槍，會變成漫無目標的亂射一通，被害人一定得站在不用看也知道的位置才行。」

「沒錯。當時我極力想到外面去，但曹長從外面抵著門，讓我怎麼樣也推不動。」

「如果曹長是站在門外，面朝屋內，這個洞不就剛好對準曹長的胸口了嗎？」

「可是在傳出槍響時，我人已經在護龍那邊了。所以當時曹長應該已經離開門邊。」

瑤琴偏頭沉思片刻。

「這扇門因為門檻的關係，是向外推，無法朝內開。力量差苦先生一大截的妳，就算離開門邊一下，在外面抵住門的苦先生也不會知道。這時要是有人來這裡，再度將門內往外推，苦先生一定會用力往回壓。這樣一來，犯人就能得知苦先生還在外面擋住門，便能用槍口抵向洞口。苦先生的胸口在門外緊緊靠著，子彈應該能射進他體內。」

「哎呀！這麼說來，有人躲在我們家中囉？但那個人是從哪裡進入我們家的？」

「當然是從後面的木門啊。」

「可是後來檢查時，後面的木門不是從屋內上鎖了嗎？」

「也許門一開始沒鎖。家裡的人去參加陳家喪禮時，都是從客廳走出去的，對吧？」

「沒錯。」

「妳認為當時後面的木門上鎖了嗎？」

「我不記得了。」

「我也不記得。所以門一定沒鎖。犯人就是從那裡進來的。也沒有其他地方可以進入屋內了。之後他躲在客廳後面，聽見苫先生和名倉先生的爭執。」

「好可怕！」

「你猜會是誰？我猜是隊長。因為隊長曾經和苫先生一起待在邱女士家中。他一路尾隨前來，刻意從後門進入我們家中。」

「可是，就算他是從那裡進來好了，他又是從哪裡離開的？後面的木門已經從屋內上鎖了呀。」

「我們在的時候，犯人一直都躲在我們家中。當我們去通知部隊這件事時，犯人才從正門離開。後門是犯人鎖上的。這麼做他能消除自己是從後門進入的證據。」

「妳不覺得很可怕嗎？」我這麼說到，打了個哆嗦。

「瑤琴，妳的推論是很巧妙沒錯，但還是不對。我離開那扇門後，那個人來到這裡，隔著門與苫先生對峙對吧？但為什麼他會發現這個小洞呢？早在之前他就知道這裡有個孔洞嗎？就連我都不記得門上有洞呢。」

「我也不知道啊。不過，勝永先生之前不是說過嗎？實際的事件都會有許多偶然的要素，當時犯人可能是在某個機緣下，發現了這個洞。」

「可是，會有這種事嗎？」

「等一下。」瑤琴的眼睛定住不動，模樣有點可怕，看起來陷入沉思。不知道過了多久，她突然抬起頭叫了一聲。

「有了，是火金姑！」

「火金姑？火金姑怎麼了？」

「沒錯。犯人原本可能打算微微打開門縫，從那裡射殺庭院中的人吧？但苦先生沉重的身軀從外面抵住門，讓計畫行不通。犯人拔出手槍指向前方，緊盯著那扇門，不知道如何是好……」瑤琴像在做夢般，視線盯著某個點持續說到。

「就在這時候，要是犯人眼前突然出現一兩點螢火，那會怎麼樣？原本停在門外的火金姑，在苦先生的壓迫下不知道如何是好，突然發現門上的孔洞，而穿過洞飛進屋內。對火金姑來說，那顆洞是空間充裕的通道。當時犯人一定很納悶，不知道火金姑是從哪裡飛進密閉的屋子裡。是火金姑讓犯人知道洞口的位置。」

「我可真服了妳！」

她想像力很豐富吧。當時我聽得真是目瞪口呆。

入夜後，我照信中寫的進行實驗，測量亮光照向庭院的位置。瑤琴也堅持說要一起做，但她老家有事，黃昏時被叫了回去，一直沒回來。我只好自己一個人做。江阿姨的病還是沒有起色。

我爸媽和叔叔還在工廠沒回來，祖父母則是去小河對面，住在那裡一戶人家的孩子慶祝週歲，請他們一起去熱鬧。天黑時我又自己一人像在那天晚上一樣，點亮提燈擺在中案桌上，然後關掉電燈。客廳突然變得昏暗，只有提燈周圍浮現模糊的光虹，桌上的觀音媽就像突然站起來似的，影子在牆上拉長許多。我周遭彷彿匯聚全部的淒清，讓我莫名不安。一切都像極了那天晚上，四周闃靜無聲。

我起身來到庭院，把門牢牢關上。庭院像是被潑了墨汁一樣暗，空氣中傳來濃郁的玉蘭花香。

雖然很害怕而縮起身子，為了完成您信中交付的使命，我還是很努力。我專注望著客廳大門，緩慢移動腳步走遠，最後終於發現一個如果在平時，可能會看漏的小小光點。

「就是它！」我在心裡大叫，抬起一隻手靠在臉旁，望向光線照射的地方。我看見我的手掌隱隱浮現在黑暗中，正如小高先生您所說的，有一道微弱的光束穿透黑暗。您信中寫到關於燈光和花的幻影，已經被證明了。這樣看來，兇手利用這門上的節孔射殺苫先生，似乎愈來愈有這麼一回事了。

我感到毛骨悚然，慢慢回到門邊，再次試著思索瑤琴的推理。我不清楚火金姑的習性，不過如果是像蛾這種對亮光敏感的昆蟲，那很有可能會朝室內燈光飛來，穿過這樣的小孔。一想到這裡，我又害怕起來，彷彿像那時候一樣，曹長和名倉先生倒在地上，而只要我一呼叫，小高先生您也會從某處走出來。

突然，我察覺門內好像有人正豎耳細聽庭院裡的聲音，我搭在門上的手忍不住縮回來。接著我像要揮除妄想似的，使勁把門打開。我發出一聲驚呼：門內有人。那個人竟然出現在理應空無一人的客廳裡！我們在提燈的亮光下，朝彼此凝望半晌。

「恆子小姐，好久不見。」那人說。他的腰間垂掛一把長軍刀，幾乎都快拖到地上了。他的姿態懶散，草色的軍官帽往前壓低臉龐，帽簷的陰影遮住他的眼鼻。

「軍醫！」我好不容易才從喉嚨擠出聲音。

「我從臺中回來的路上，突然很想在桃園下火車看看。剛才和一名認識的女校校長見面，這裡的人都平安無事，真是太好了。這裡怎麼了？又停電了嗎？」軍醫模樣甚是親暱地說。

「你們在正門入口處加裝了木門對吧？因為打不開，我才繞到後門。很抱歉，嚇到妳了。」

我因為莫名的恐懼而雙腳發顫，還沒有請軍醫就座，自己倒是先一屁股坐下來。

昏黃的客廳只有我們兩人，卻散發一股難以言喻的陰森之氣。

軍醫在這個時刻從後方木門走進屋內，讓人憑直覺猜測他就是犯人。杜斯妥也夫斯基的小說裡也曾提過，殺人犯會很想回去犯罪現場，應該是想追溯自己的犯罪行為吧？他肯定是想從那一晚曾經悄悄潛入的後門，再進來一次。

軍醫展現他往常的從容態度，溫柔地注視著我。我極力回瞪他，心裡想：如果不讓他自己招認，就永遠無法解救小高先生了。

「軍醫！請救救小高先生。」最後我再也按捺不住，對他這樣說。

軍醫移開目光，改望向從半開門縫往外逸洩出微弱燈影的庭院。

「今年玉蘭花也一樣盛開了呢。」他說。

「是啊，就像那天晚上一樣。」我緊追不放。

軍醫突然莞爾一笑。

「恆子小姐，妳喜歡小高軍曹嗎？」他語帶嘲諷地說，但我是認真的。

「喜歡。」

「要是能找到解救小高的方法就好了。」軍醫一臉倦容低語到。

「小高先生不是兇手。兇手是從這個客廳，射殺人在庭院的苫先生！」

軍醫嚇了一跳，注視著我。我把瑤琴想出來的方法一口氣都跟他說了。軍醫聽完後站起身走向門前，就像被拉過去似的，說了一句「點燈」。在那之前，我完全忘了打開電燈。

軍醫很快便離開門邊，回到我面前。接著他似乎覺得很稀奇，一直注視著我，對我說：

「妳知道誰是兇手嗎？」

他的聲音聽起來無比恐怖，我不自主地點點頭。

「這麼說來，妳打算當證人對吧！」

「沒錯。不過，如果您能證明小高先生無罪的話……」

軍醫以他那無精打采的雙眼靜靜凝望我。

「妳有這份心意，小高一定也很高興……不過，火車到站的時間就快到了，我就不和瑤琴小姐以及您的家人見面了，後會有期。」軍醫冷靜地說，便死氣沉沉離去了，他的背影旋即被黑暗吞沒。

我一直呆立在門口，全身不住顫抖。當時我一直沒發現，我連端茶招待他都忘了……。

Ⅱ—撤銷申請書

看完這封信後，我明白恆子小姐把我當犯人看待的理由。不過，我真的是像她想像的那種冷酷殺人魔嗎？

我想將小高軍曹的手札揉成一團。我也想要像燒銀紙般，在他靈前燒毀恆子小姐寫的信。但這麼做之前，我想讓某個人看。就是那位有張撲克臉、態度沉著的搜查官。他優秀的助手在看過這封信後，想必會跑到我面前，展現出幹勁十足的模樣。我這是在提出挑戰嗎？不，只是基於孩子般的好奇心罷了。

當時傳聞大手上尉從北迴歸線南方的鳳山，被調回新竹。我正期待不久的將來可以和他見面，但某天他突然就帶著勝永伍長，來到軍醫院拜訪我。那是六月一個悶熱的下午，我正在好小高曾住過的第五病房大樓值勤，我帶他們到醫務室去。寬敞的醫務室裡由於人員全都外出，房間裡空蕩蕩的。

「我剛剛去了一趟總長室回來。」大手上尉這樣說。他脫下鋼盔，接著拿出一條白色手帕，止住從他黝黑臉龐流下的汗水。

「聽說您從鳳山回來。那裡是臺灣最熱的地方，那邊情況如何？」

「南部不管去哪裡都一樣。就只有酷熱、瘧疾，以及遍布各地的轟炸痕跡……」

大手上尉皺起眉頭，環視這間充滿藥味的醫務室。

「小高軍曹的遺骨放在哪裡？」

「烏來山中的納骨所。」

大手上尉神情憂鬱地頷首。

「死了一個前途大好的青年啊。」

「無數前途大好的青年都死了。」我刻意冷冷地說到。

這時，勝永伍長似乎忘了克制，脫口而出：

「我是因為別的理由覺得遺憾。苫曹長的事件還沒破案，小高軍曹被當作重大嫌疑人，就這麼死了……」看得出來勝永一走進小高生前住過的環境，情緒就很激動。

「你還在持續搜查那起事件嗎？」

我很感興趣地問到。這時，勝永臉上浮現苦悶之色。

「那起事件一直被擱置在我心裡，實際上要進行搜查是不可能的。這幾個月來，我都忙著處理其他工作，也都沒有機會和大手上尉談到那起事件。」

勝永瞄了大手上尉一眼，眼中帶著埋怨。他們想必是不斷承接任務，忙得不可開交吧。但從這位熱心部下的言談中可以聽出，大手上尉似乎刻意避談那件事，這令我頗感意外。他是從什麼時候開始對苫的事件漠不關心？我感興趣的對象從勝永轉變為大手上尉。

大手上尉就像是面對部下激昂的口吻，被迫得做出回應。他簡短說了一句：

「那起事件已經偵破了。」

「難道就這樣讓小高軍曹背負兇手的汙名嗎？」

「是不是汙辱，得看當事人有沒有這種感覺。那起事件隨著小高的死，成了未解的懸案。我們今天前來，不就是要對這件事做個了結嗎？」大手上尉面無表情地說。他這種態度引發我的興趣。

「那麼，為了慶祝這起事件了結，我們來喝一杯吧。雖然這酒是別人送的。」

我從藥品架裡拿出一瓶Espero威士忌角瓶，擺出調藥劑用的燒杯，各倒了一點酒。

「來，就喝點吧。當作是為小高祈求冥福。」

我們主客雙方各自沉默片刻，凝望著用臨時湊出來的容器盛裝的酒，不過剛才為了提出調查終結申請而前往憲兵總長室的勝永，似乎將激動的情緒帶到這裡，再也無法壓抑。

「已經撤銷的事件，或許我不該拿出來炒冷飯，但今天還請見諒。」勝永似乎藉著威士忌帶來的醉意，向大手上尉發牢騷。

「我心中還留有疑問，無法就此認定小高軍曹的罪行。首先，毆打名倉和射殺曹長，幾乎是同時間發生的，這點沒有問題。名倉被推出庭院時，一定是面向曹長。他應該本能會這麼做，而且他倒地時的姿勢，也是頭朝客廳方向。由於名倉頭部受的傷是後腦勺被打擊造成，當時人在客廳那一側的苫曹長，沒辦法對他造成這種傷害。就像小高軍曹所做的自白，毆打名倉的人，是躲在名倉背後的軍曹自己。照這樣看來，毆打和射殺這兩個動作，不論是再厲害的快槍俠，也無法同時做到。」

「原來如此。」我插話到。「不過，苫是真的想和名倉決鬥嗎？」

「好像是。我試著調查曹長以前的經歷，發現他先前受徵召時，曾經差點與同袍決鬥。曹長有時會出現荒唐的舉動，這已成了他的老毛病。他在戰車隊時代，曾經自己駕著戰車掉落濠溝，讓當時一名在挖濠溝的士兵當場喪命，這成為他遲遲無法晉升軍階的原因。另外，曹長的個性讓他對暗號和諜報也很感興趣，所以他才想當憲兵。他的志願是轉調憲兵隊。至於靈頂媽祖廟那件事，為什麼他要故意那麼做，我事後回想原本以為曹長可能腦袋不太正常，但在了解他個性後，也就接受了。」

「那麼，你應該已經鎖定誰是真正的犯人了吧？」我問。

勝永就像接受挑戰般，重新面向我。

「留下開槍痕跡的手槍有一把，但已知實際用了兩顆子彈。其中一顆還是定額以外的子彈。」

「擁有定額外子彈的人，只有我吧。而且除了小高外，沒有不在場證明的人，就只有我和曾根中尉。」

我心想，也差不多是拿出恆子小姐那封信的時候了，於是從個人用品箱裡取出信件，遞給大手上尉。

大手上尉專注地看過一遍，但他依舊面不改色，接著換勝永看信。當勝永讀信時，大手上尉走向醫務室的窗邊，心不在焉地望著醫院庭院外種植的那一整排模樣陰沉的蛇木。不過，勝永伍長對恆子小姐的信有明顯反應，他看完後幾乎無意識地站起身，瞪視著我。

「看來，大家好像都鎖定我是犯人呢。」我苦笑地說。

「軍醫，對於您剛才自己說的話，我認為有義務稍做解釋……」

「好了。」大手上尉這時轉過身來插話。

「我應該已經說過，這起事件已經了結了。」

大手上尉的聲音帶有一股不容分說的威嚴，讓勝永住口。我一直注視著他的臉。

「剛才勝永提到，您後來都沒和勝永針對這起事件交換意見，對吧？您是從什麼時候看穿這件事的？」

「從小高軍曹被逮捕後。」

「這麼說來，您那時候就已經知道誰是真正的犯人了嗎？」

「我怎麼可能知道。如果真的有人知道，那也應該是軍醫你吧？」

勝永聽得十分錯愕，來回望著我和大手上尉。

「大手上尉，這麼說來，您知道誰是真正的犯人？」

大手上尉沒回答，只是平靜地說：

「瑤琴在那封信中的推理，巧妙破解了密室的情境。在臺灣有一種特別亮的螢火蟲，也在這起事件中登場。這點很有意思，是很傑出的構想，但可惜欠缺現實性。我仔細看過現場，也沒有遺漏葦田家客廳的大門。那裡是否有一個孔洞，我已經不記得了，但如果有我也調查過了。當時應該會以科學方式證明沒人從那裡開槍，我是個認真進行驗證的男人。至於苫在門上遭到別人從屋內射擊的推論，同樣也不可能，屍體的位置距離門太遠，現場也沒有搬動屍體的痕跡。」

「犯人長時間躲在家中的想法，我也覺得不可能。」勝永思考後說。「只要犯人不是對自己的不在場證明漠不關心，就不會這麼做。」

「一點都沒錯。」上尉第一次露出微笑。

「當時軍醫在醫務室整理地下水的檢驗資料，曾根中尉則在一片黑暗的臺北幹道上原地踱步。因此第三名犯人是虛構的存在。」

「請等一下，那麼，第三把手槍呢？」

「這就是要掌握事實的難處，勝永。比起虛構的蒙蔽，有更多蒙蔽是來自事實。以這次的情況來說，嫌疑人各有一把手槍，問題就出在這裡。」

大手上尉晃動燒杯，讓酒在杯底旋繞，他看得很專注。

「我們一開始發現有兩把手槍，一把沒裝子彈，一把有開過槍的痕跡，子彈只少了一顆，然後從屍體身上發現同型號的子彈，到這邊都還符合事實。但聽到槍聲的人做出的證詞，卻存在三分鐘的時間差。從這個線索追查，我們進一步得到有人聽到兩聲槍響的證詞。之後，第二顆子彈的用途也隨之明朗……

不過，有射擊痕跡的那把手槍彈匣，卻只少了一顆子彈。因此我們才會假設有射出另一顆子彈的第三把手槍。而那把神祕的槍勢必是軍隊中有限手槍中的其中一把。然而，我們都沒從這些手槍中看出最近被使用過的痕跡。因此，我們透過調查超出定額實彈的類推方法，發現軍醫的彈藥盒有問題……。

照這樣看來，感覺確實有第三把手槍存在。但這項推論也無法扭轉事實。如果我們能從小高或軍醫的手槍上找到新的開槍痕跡，或另外發現新的事證，那還另當別論；但如果是以類推方式假設有第三把手槍存在，那就沒有意義了。」

「可是，只開一槍的手槍、用了兩顆子彈的事實，還有其中一顆子彈疑似來自軍醫彈藥盒……我們又該怎麼看這些事實？」

「之前你帶葦田恆子去新竹來時，我就對你說過，未必要假設有第三把手槍存在。當時我根據六年式手槍的結構，以及手槍被使用時的狀況，判斷當時做好開槍準備的人是苫，而實際開槍的人是恆子。那時被使用的手槍是每一槍都得拉動板機才能發射的槍型。這件事實雖然是小事，但卻格外重要。當我知道現場有兩顆子彈被使用過後，我的想法便改變了。我認為是有兩個人使用過那把唯一有開槍痕跡的手槍。假如說，第一個人是熟練用槍的苫，第二個人則是動作生疏的恆子，那就完全符合眼前的狀況。」

勝永的臉色先是發白，接著轉紅。

「這麼說來，您的意思是真正的犯人是恆子小姐？在那之前，苫曹長是用同一把手槍射向小高軍曹嗎？但我們又該怎麼解釋實彈的問題？」

「這點我可沒有像你那麼苦惱。你也曾說過這起事件是突發性犯罪，補充用掉的子彈，應該被看作是犯案過後才有的行為。我們只要知道有超出定額的子彈就夠了。這起事件也帶有一絲計畫性的味道，不過，這些計畫幾乎可以說是小高為了瞞過我們，而埋下的陷阱。」

「您的意思是指，從軍醫彈藥盒中拿走實彈的人，也是小高軍曹？」

「沒錯，那是在近乎偶然的情況下，犯人無意識做出的犯行。小高親眼撞見，不，應該說他發覺一位意想不到的人，犯下意想不到的罪行。於是他撿起那把已經被恆子拋下、用了兩顆子彈的手槍，從自己的槍裡取出一顆子彈，裝進那把手槍中。對於熟悉用槍的人來說，即便在黑暗中也是能裝填子彈的。當時小高如果裝入兩顆子彈，在搜查小隊檢驗手槍上殘留的開槍痕跡時，他裝填子彈的事反而會穿幫，弄巧成拙……。」

「後來小高被迫得為自己脫罪。他知道軍醫的彈藥盒向來都放在桌子抽屜中，他以軍人常用的方法來湊足子彈數。現在我已經不想要求軍醫進行解釋，不過，我認為軍醫之所以沒說出事實，是因為你早就知道真正的犯人是誰。」

「不，當時我還沒看出來。」這次換我說話了。

「但過沒多久，我發現小高知道真正的犯人是誰，後來我也逐漸猜出犯人的身分。就像大手上尉您說的，我的子彈不是被拿去犯案，而是拿去補足子彈的定額數量。我在鶯春預留的子彈，就像您預料的，一共有五顆，其中一顆不是在犯案前被偷走，而是在事件發生隔天，才從我桌子抽屜裡不翼而飛……」

「我馬上就發現是誰拿走的。我試著思考這起事件的動機，發現曾根中尉和小高軍曹似乎都與苦不合，不過事發當晚，我幾乎沒離開過醫務室半步，應該沒人有機會潛入醫務室，翻動我的抽屜。而且曾根中尉一直到隔天晚上，都沒回到桃園，所以我有充分的理由相信是小高所為……。

我認定小高是犯人，但坦白說，我對他有好感。當時我想要包庇他，而子彈定額數的問題即將被引爆，就算鶯春的事早晚會被知道，為了暫時將你們的注意力從部隊內有超出定額子彈的事引開，我事先將子彈丟進要前往消毒的水井中。」

大手上尉點頭應道：

「從本質來說，這是很單純的一起事件。我一度也被蒙蔽眼睛，沒看清事實。不過，將那些不真實的事物都消除後，單純的真相便馬上浮現了。也就是說，這起事件中被使用過的手槍只有一把，而那兩顆發射的子彈，以及補充的一顆子彈，全都被用在這把手槍上。勝永之前還用相反數的方法，來解釋手槍與實彈的關係呢。」

大手上尉的觀察力讓我很吃驚。他從那時候起，就已經知道小高軍曹的想法，以及真正的犯人是誰。同時他決定要撤銷這起事件，並且為找尋虛構手槍和犯人的勝永提供支援。大手上尉這麼做是為了什麼？不用說也知道。不過我認為，這時候我不該出言誇讚。倒是勝永再也無法按耐住，在一旁插話。

「可是，軍曹如果無意殺害苫曹長，他有必要打昏名倉嗎？」

大手上尉莞爾一笑。

「那天晚上，大家都還不知道前一天苫曹長掛在腰間的手槍沒有子彈，小高害怕名倉鑄下大錯，想先讓他失去意識。但聽到名倉被敲昏聲響而情緒激動的苫，突然很粗暴地朝他的方向開槍。當時小高站著，子彈就卡在他的防彈背心上。小高當時一定也因為錯愕而失去思考力，但他沒使用自己的手槍，而是躲在黑暗中。恆子說他不可能殺人，她的觀察沒有錯。只不過就像小高說的，當時他曾一度撿起名倉的手槍，擦去上頭的指紋後丟在地上。」

「這時恆子小姐走了出來，對吧？」

「沒錯，在那之前苫手中的手槍掉落了。苫肯定是發現自己竟然在無意識中開槍而愣在原地。恆子撿起槍朝他走近，苫想摟住她，但她在厭惡驅使下扣動了扳機。恆子射中的是真正的苫，而不是小高偽裝的苫。」

「如果苫曹長向小高軍曹開槍，時間是在九點○三分，恆子朝曹長開槍的時間，則是在九點○六分，這當中為什麼會有三分鐘的時間差？」

「苫沒發現小高存在，在黑暗中摸到名倉的身體，將名倉誤認成他殺死的屍體。這時他才慌忙地四處找尋手槍，但始終沒找到。這時恆子小姐叫喚他。如果這樣想的話，會有三分鐘的時間差也不無道理。」

「小高並沒有偽裝成苫的證據，那是我想錯了。」我開口。「原先我猜測案發當時，苫的衣服口袋裡裝有大蒜，但事後調查卻與事實有出入。苫雖然常吃大蒜，但不會將大蒜放在口袋中隨身攜帶，因為苫是個穿著整潔俐落的士官。事後仔細想想，他應該不會做這種事才對。」

「請等一下。」勝永伍長急忙說。

「這是那天晚上小高軍曹設下的陷阱吧？大蒜和二王，或是大蒜和仁丹、胸口的瘀傷等等，這全都只是碰巧一致嗎？」

「沒錯。唯一被猜中的，就只有他身上的瘀傷。話說回來，那是你在調查時得知防彈背心的事，才得以證明。仁丹純屬偶然，小高腹瀉是確有其事，就連二王的出現，也純粹是我個人的幻想。我根據自己從衛生兵、根本、廟裡師公那邊聽來的消息，幫小高想出詭計。剛好那時你以苫的日記當線索逮捕了他。小高於是在我的建議下，製造出大手上尉後來的推理。小高為了救恆子小姐，反過來利用這種情勢。」

「我也中了他的計，不過這也是沒辦法的事。因為小高在自己心中，也完全抹除恆子小姐犯下的罪。」大手上尉嚴肅的臉龐，浮現一抹落寞的苦笑。

「不過我還有一件不懂的事，那就是苫對小高設下的死後通信陷阱。就像勝永調查得知，就算是平凡的人，也意外藏有古怪的習性。但像苫那樣的詭計，怎麼看都讓人覺得不符合現實。」

「您其實不是不懂，原則上，上尉您剛才也提到過了。」我說。「您剛才不是說過，這起事件帶有計畫性的味道，全都是由小高的詭計造成。小高其實從三月起，就持續在記錄這起案件。待會我會給您看他的筆記。您細看後應該就會明白中間的緣由。寫下那張點名紙的人，從筆跡與其他線索判斷，能看出確實是苫曹長。但苫並沒有深思熟慮地策劃這件事，或想出那麼複雜的藏匿場所，他將這麼重要的日記本放在冬季衣褲裡，甚至還忘記這件事，順手交出衣褲。從這點就能看出來，苫真正的目的，應該只是故意找恆子小姐麻煩。為了向小高找碴，他想利用那張點名紙製造契機，藉此告訴恆子小姐那次在靈頂發生的事件，讓她擔心。苫也想順便向她透露瑤琴小姐與小高的祕密關係。然而，苫曹長可能覺得光是這樣說恆子不會相信。於是他特地將點名紙藏在《紅與黑》那本書裡，讓恆子小姐自己發現。」

勝永偏頭注視我。

「他向恆子小姐借來司湯達的《紅與黑》，把那張紙夾在書中歸還給她。但是收到那本書的人是瑤琴小姐。當時瑤琴小姐發現寫有小高名字的紙張，感到很怪異，打算等小高來後再問他。後來小高和勝永一起拜訪葦田家時，瑤琴看見勝永進恆子小姐房間搜尋，立刻明白他要找的是什麼。她沒說出那張紙的事，而是在搜查顧後從另外的地方拿出那本書，悄悄交給小高……。

小高當時想必嚇得臉色發白。但他想用這張紙條，作為解救恆子小姐的手段。在那之前，他想先構思出一個不必犧牲自己的方法。對他來說那會是很危險的手段，他應該是打算先想出防範方法再進行。但為什麼他甘願冒這樣的風險？因為他再也想不出其他方法了。他應該知道我在懷疑他，但小高深信只要沒有其他確切證據出現，我就不會洩露對他不利的消息。」我突然感到胸中一熱，停頓下來。

「小高為了爭取時間，想將那張點名紙藏在你們不會發現的地方，他相當煞費苦心。最後，他終於找到一個適當的地點。正當他準備將紙條藏在那裡時，勝永卻發現了。勝永從暗處目睹小高的行動，你應該認為他是從燭臺裡取出紙張，但那是誤會。換句話說，小高和你的思考路徑，其實是朝相反方向行走，最後在同一處交會，才會產生這種誤解。」

勝永一臉錯愕，遲遲無法恢復。

「這麼說來，就算我沒發現那個地點，總有一天軍曹也會暗示我前往囉？」

「他早晚都得這麼做。小高被監禁後，仍絞盡腦汁想為自己脫罪，但那幾乎是不可能的事。雖然曾根中尉和我都吃了些苦頭，感到不太愉快，勝永也白忙一場，但小高比我們都還拚命，所以我也就睜一隻眼閉一隻眼。」

「小高並不是犯人。這是事實，幫他忙也是理所當然。勝永是小高臨終前的好朋友呢。」

大手上尉這位嚴格的搜查官，流露出略帶揶揄的眼神，像在慰勞般望著自己熱心的部下。勝永則滿臉通紅，但並不表現出沮喪。勝永意氣昂揚地說：

「不過，就算射殺苫曹長的人是恆子小姐，這也算是犯罪吧？」

「該審判她的人不是我們。」

大手上尉說到，眼中不見先前的輕鬆。昏暗的時代暗影在他眼中逐漸擴散開來，我看了感到可怕。他拿著調藥的燒杯起身，朝手錶看了一眼。

「我們常會描繪心中的幻想，並且在描繪的過程感到相當快樂。對吧，軍醫？我們剛才聊的內容也算是一種幻想，沒人知道事件的真相，因為小高軍曹已經帶著真相，連同自己的靈魂一起遠去……。」

＊　＊　＊

一九四四年五月十三日，苫曹長在桃園街非法要求名倉一等兵與他決鬥。當時在場的小高軍曹欲加以制止，卻失手射殺苫曹長。要證明上述事實，尚有若干疑點，搜查官決定不同意起訴當事人。如今當事人已被列入戰死者名單中，故以上述推論被認定為滿意結果，同意撤銷本案件為妥當之舉……。

今日我已向總長室提出上述的申告書。不過，小高賭上自己性命守護的，究竟是什麼呢？

我與這名值得尊敬的長官，互相凝望彼此眼中的暗影，接著同時將杯底殘留的酒一飲而盡。

Belong 13

內部的真相

內部の真実

作者——日影丈吉
執行長——陳蕙慧
總編輯——張惠菁
責任編輯——宋繼昕
行銷總監——陳雅雯
行銷——余一霞、林芳如
封面設計——朱疋
排版——宸遠彩藝

社長——郭重興
發行人兼出版總監——曾大福
出版——衛城出版／遠足文化事業股份有限公司
發行——遠足文化事業股份有限公司
地址——二三一四一 新北市新店區民權路一〇八－二號九樓
電話——〇二－二二一八一四一七
傳真——〇二－二二一八〇七二七
客服專線——〇八〇〇－二二一〇二九
法律顧問——華洋法律事務所 蘇文生律師
印刷——呈靖彩藝有限公司
初版——二〇二三年三月
定價——三八〇元

歡迎團體訂購，另有優惠，請洽02-22181417，分機1124、1135
特別聲明：有關本書中的言論內容，不代表本公司／出版集團之立場與意見，文責由作者自行承擔。

Original Japanese title: NAIBUNO SHINJITSU

Original Japanese collected edition published by Kokushokankokai Inc. in 2002
Traditional Chinese translation rights arranged with Kokushokankokai Inc.
through The English Agency (Japan) Ltd. and AMANN CO., LTD.

國家圖書館出版品預行編目資料

內部的真相／日影丈吉著；高詹燦譯.
－初版.－新北市：衛城出版：遠足文化事業股份有限公司發行，2023.03
面； 公分.--(Belong；13)
ISBN 978-626-7052-73-0（平裝）

861.57 112001117

EMAIL acropolismde@gmail.com
FACEBOOK www.facebook.com/acrolispublish